Gerry Schierholz

IHR LETZTER KRIMI

www.tredition.de

© 2021 Gerry Schierholz

Verlag und Druck:
tredition GmbH, Halenreie 40-44, 22359 Hamburg

ISBN
Paperback: 978-3-347-38620-4

Ich soll einen Krimi schreiben und das ist ein Auftrag. Obwohl ich Krimis eigentlich nicht mag. Manchmal allerdings, nur so zum Entspannen, schaue ich mir im Fernsehen einen Krimi an, aber mittlerweile kann ich die Leichensezicrerei nicht mehr ertragen. Man könnte meinen, überall im Land gibt es nur noch Mord und Totschlag. Jede Stadt hat ihre Soko, die tagtäglich die Tele-Mörder zur Strecke bringen muss. Zum Glück ist die Wirklichkeit anders.

Und nun soll ausgerechnet ich einen Krimi schreiben. Der Grund: Dieses Genre verkauft sich besonders gut. Mir schaudert vor diesem grausigen Thema und ich zweifle, ob mir was Neues dazu einfallen wird. Darüber ist schon so viel geschrieben worden. Trotzdem, Auftrag ist Auftrag. Ich versuch's!

Zunächst schaue ich mich um bei den erfolgreichsten Krimi-Autoren. Wie haben die das gemacht. Agatha Christi, Edgar Wallace und Patricia Highsmith etc. fallen mir als erste ein. England scheint ein gutes Pflaster für Kriminalgeschichten zu sein. Also beginne ich in London und stelle mir eine begabte und erfolgreiche Autorin vor, die für mich den Krimi schreibt.

*

„Poppy, dein Verleger ist am Telefon," ruft ihre Mutter. Poppy Moore ist eine bekannte Krimi-Autorin. Sie lebt mit ihrer Mutter zusammen in einem hübschen Haus in London und ist für ihren Verlag eine sogenannte cash-cow, mit anderen Worten eine Bestseller-Autorin.

Poppy kommt aus ihrem Zimmer die enge Treppe herunter und nimmt den Telefonhörer;

„Hallo, Mister Jordan."

„Liebe Poppy, ich möchte Sie bitten, zu mir in den Verlag zu kommen, um die Verträge für drei Übersetzungen Ihres letzten Buches zu unterschreiben. Könnten Sie morgen um zehn Uhr bei mir im Büro sein?"

„Ja, gern. Ich bin pünktlich! Auf Wiedersehen, Mister Jordan."

Poppy geht in die Küche zu ihrer Mutter, die gerade einen Tee zubereitet, fällt ihr um den Hals und schluchzt.

„Kind, Kind nimm dir doch nicht alles so zu Herzen. Akzeptiere: Was vorbei ist, ist vorbei! Ich mochte deinen Tom sowieso nicht."

„Ach, Mum, aber ich liebte ihn und komme nicht darüber hinweg, dass er mich verlassen hat.

Ich bin total blockiert, ich kann nicht mehr schreiben. Mir fällt einfach nichts mehr ein. Den ganzen Tag denke ich nur an ihn, an die schönen Erlebnisse mit ihm und dann an den schmerzlichen Verlust."

„Tom konnte halt nicht vertragen, dass du erfolgreicher bist als er, und das ist keine gute Basis für eine Gemeinsamkeit."

Mutter und Tochter trinken dann gemeinsam ihren Tee, das englische Allheilmittel. Die Mutter versucht dabei, ihre sensible und tieftraurige Tochter zu trösten und auf andere Gedanken zu bringen.

Am nächsten Morgen, als Poppy in die Verlagsräume kommt, hat sie sich wieder in die allseits bekannte und attraktive junge Dame verwandelt. Man grüßt sie überall herzlich. Das tut ihr gut und als sie das Sekretariat von Mister Jordan betritt, strahlt sie wieder ihre frühere Sicherheit aus.

Der alte Mister Jordan begrüßt seine erfolgreiche Autorin auf das herzlichste und legt ihr drei Verträge zu den Übersetzungen ihres letzten Krimis in Deutsch, Französisch und Holländisch zur Unterschrift vor. Nachdem das erledigt ist, klingelt Mister Jordan und sein Butler erscheint. Er holt aus einem alten Schrank eine Flasche Sherry, mit der er zwei Gläser füllt und sie auf einem Silbertablett serviert.

„Liebe Poppy, lassen Sie uns auf einen weiteren Erfolg anstoßen."

Dieses Zeremoniell ist schon so alt wie der Verlag.

„So, und nun wünsche ich mir von Ihnen wieder einen neuen raffinierten Krimi. Das ist ein Auftrag."

Poppy schüttelt heftig den Kopf und sagt:

„Das schaffe ich nicht, mir geht es im Moment nicht besonders gut."

„Sind sie krank?" fragt er besorgt.

„Nein, aber mein langjähriger Partner Tom, Sie haben ihn mal kennengelernt, hat mich verlassen und ich bin momentan in einer sehr schlechten Verfassung. Ich glaube, ich habe eine Schreibblockade."

Obwohl sie sich fest vorgenommen hatte, keine Schwäche zu zeigen, treten ihr doch Tränen in die Augen. Das beunruhigt den Verleger aufs höchste, wollte er doch im kommenden Buchherbst einen neuen Krimi von ihr präsentieren.

Da kommt ihm die rettende Idee. Er sagt:

„Sie brauchen einen Tapetenwechsel, hier erinnert Sie alles an das, was Sie verloren haben, und das tut Ihnen jetzt weh. Sie müssen verreisen. Ich besitze in einem kleinen Ort an der französischen Atlantikküste einen Bungalow, dorthin können Sie sich für ein paar Wochen oder auch Monate zurückziehen, die Leute dort in dem Dorf beobachten und vielleicht – nein, ich bin mir ganz sicher – fällt Ihnen dann der neue Krimi in den Schoß."

Er nickt Poppy aufmunternd zu.

„Ich schreibe Ihnen die Anschrift von Eliane auf. Sie kümmert sich um das Haus. Ich werde sie auch gleich informieren, dass sie alles für Ihren Besuch vorbereitet. Sie wird Sie zum Bungalow begleiten, der liegt oberhalb des Ortes in einem kleinen Wäldchen. – Einverstanden?"

Poppy überlegt nicht lange. Schon zwei Tage später ist sie mit ihrem sportlichen und bestens gepflegten Oldtimer auf der Fähre in Richtung Frankreich.

Nach einer langen Fahrt – Frankreich ist doch größer als man denkt – erreicht sie endlich den kleinen Ort am Meer. Er liegt von Hügeln geschützt an einer Bucht. Die Hügelkette ist dünn bewaldet und auf der anderen Seite, gegen Westen, schließt sich eine Dünenlandschaft mit einem breiten Strand bis zum Meer an.

Poppy findet die Adresse, die sie von ihrem Verleger bekommen hat. Eliane, eine blasse Endvierzigerin, steht vor ihrem Haus, grüßt knapp und sagt;

„Hallo, ich warte schon seit Stunden auf Sie!"

„Sorry, aber die Strecke ist weiter, als ich dachte"; entschuldigt sich Poppy.

Eliane steigt in den Wagen und zeigt ihr die Straße hinauf zum Bungalow.

Eliane spricht recht gut Englisch, was von einigem Nutzen ist, denn Poppys Französisch ist etwas eingerostet, sie hofft aber, dass die alten Kenntnisse wiedererwachen werden, denn schließlich war die französische Sprache ihr Lieblingsfach in der Schule.

Oben angekommen öffnet Eliane das große Schiebetor, und Poppy schaut auf einen dreiteiligen weißen Bungalow. Die zusammenhängenden Gebäudeteile sind um einen großen Swimmingpool herum gebaut. Eliane macht eine kurze Besichtigung durchs Haus. Garage und die Wirtschaftsräume liegen linker Hand, in der Mitte ist ein sehr großer Wohnraum mit Kamin, in dem verstreut ein paar Möbel stehen, dann führt eine kleine Treppe hinauf in den rechten Flügel, wo sich die drei Schlafräume und zwei Bäder befinden. Nachdem Eliane Poppy alle Räume gezeigt hat, verabschiedet Poppy sie mit einem:

„Sorry, ich bin von der langen Fahrt todmüde," und wirft sich völlig erschöpft in voller Montur aufs frisch bezogene Bett, wo sie sofort einschläft.

Darüber ärgert sich Eliane und verlässt etwas beleidigt das Haus. Sie erzählt sofort ihren Freundinnen im Ort, die Engländerin sei ziemlich arrogant.

*

Am nächsten Morgen inspiziert Poppy erst einmal das gesamte Haus. Sie beschließt in einem der anderen Gästezimmer, mit Blick auf den Pool und den Eingang, ihr Büro einzurichten. Legt Laptop und Drucker auf den Tisch und bemerkt, dass sie gar kein Papier mitgenommen hat. Sogleich kommt es auf die Einkaufsliste. Dann verteilt sie ihre Kleider und die restlichen Sachen in die Schränke und ins Bad, versorgt den Koffer und begibt sich in die unteren Räume. Der große Wohnraum wirkt kahl und leer, auch fällt durch die großen Flügeltüren kaltes Licht herein. Er ist gar nicht gemütlich. Wahrscheinlich hat ihn die Familie Jordan wegen der Einbruchsgefahr so spärlich möbliert. Hier werde ich was ändern, plant Poppy. Die Terrasse davor aber ist schön und reicht bis zum Swimmingpool. Der sieht allerdings ziemlich übel aus. Die Wasseroberfläche ist mit vielen Blättern und Kiefernnadeln bedeckt. Aber das Wetter ist sowieso noch nicht warm genug, um zu schwimmen. Also kann die Reinigung noch warten. Aber sobald es wärmer wird, wird sie wohl viel draußen sein. Sie muss nur noch die Gartenmöbel finden. Die Küche und der Abstellraum werden noch inspiziert, dann schlendert sie ums Haus herum und durchforscht das ganze Grundstück. Es ist umgeben von einer dicken stacheligen Hecke und nach vorn von einer hohen weißen Mauer, in die das breite Schiebetor eingelassen ist.

‚Ich habe es nicht schlecht getroffen,‘ stellt Poppy zufrieden fest.

Im umliegenden Waldgebiet sind verstreut noch ein paar andere Ferienhäuser, die aber alle im Moment nicht bewohnt sind. Es ist Mitte April, also noch keine Saison.

Nachdem Poppy sich umgesehen hat, geht sie in den Ort hinunter um etwas Essbares einzukaufen. Dabei nimmt sie nicht die Straße, sondern wählt den direkten, schmalen Fußweg durch das Wäldchen. Unten angekommen betritt sie zuerst die Bäckerei Blois, um sich ein Baguette zu kaufen. Poppy stellt sich vor und erklärt, dass sie für eine gewisse Zeit im Haus von Mister Jordan wohnt und ein Buch schreiben wird. Die dicke Bäckersfrau Madame Babette Blois erkundigt sich neugierig;

„Was schreiben Sie denn?"

„Es muss ein Krimi werden, denn ich bin in England bekannt für meine Kriminalgeschichten."

„Ein Krimi, so richtig mit Mord und Totschlag?"

„Na ja, was mir gerade so einfällt."

„Da bin ich aber mal gespannt. Wird sich das, was Sie schreiben, alles hier bei uns abspielen?" Fragt der Bäckermeister, der kurz aus der Backstube herausschaut, ihr freundlich zunickt, und zur Begrüßung seine mehlige Hand über den Tresen reicht.

„Das weiß ich noch nicht, mal sehen;" antwortet Poppy, zahlt und nimmt ihr Baguette. Mit einem fröhlichen ‚Adieu' verlässt sie die wissensdurstigen aber sympathischen Bäckersleute.

Sie schlendert weiter durch die Straßen und betritt den Metzgerladen Morat.

Monsieur Jean Morat, ein Bild von einem Mann, steht hinter der Verkaufstheke und begrüßt die neue Kundin mit höflichem Interesse. Auch hier stellt sie sich vor, so wie in der Bäckerei. Monsieur Morat hört ihr aufmerksam zu, ist aber weiter nicht neugierig. Bei ihm ersteht sie ein Kalbsfilet, das er mit viel Sorgfalt von einem langen Stück abschneidet, dann legt er das Filet aufs Einwickelpapier, streicht, wie zum Abschied, noch einmal darüber und fragt, indem er sie zuvorkommend anlächelt:

„Was darf ich noch für Sie tun?"

„Ach, schneiden Sie mir noch eine zweite Scheibe ab, es sah gut aus."

Herr Morat schmunzelt. War es nun sein Verkaufstrick oder ist er ein Charmeur? Überlegt sich Poppy. Metzger und Kundin verstehen sich auf Anhieb gut. Nachdem sie gezahlt hat, wünscht ihr Monsieur Morat noch einen schönen Aufenthalt und viele gute Ideen.

Im gegenüberliegenden Tante-Emma-Laden, ‚Chez Lisette', kann man wirklich alles bekommen, vom Gummiband über Bonbons, Schrauben und

Nägel, Zeitungen, bunte Litzen usw. bis zu Papierwaren. Dort ersteht sie erst einmal eine Packung Kopierpapier, denn sie ist es gewohnt, das Geschriebene auszudrucken und dann zu redigieren. Sie muss es vor sich liegen haben.

Ein netter Friseurladen fällt ihr beim weiteren Rundgang auf, und sie vereinbart gleich einen Termin, um sich ihre Haare blondieren zu lassen. Was Neues braucht es nicht nur <u>im</u> sondern auch <u>auf</u> dem Kopf!

Die Friseurin Madame Marie Blanchet, eine gepflegte Mitvierzigerin, ist wie alle hier, sehr freundlich aber auch sehr mitteilsam. Sie beginnt gleich zu erzählen, weil der Salon gerade leer ist, dass sie hier mit ihrer Tochter Annabelle zusammenlebt, die sie ganz allein großgezogen hat. Und sonst wisse sie schon alles über sie von Eliane, mit der sie befreundet ist.

Poppy schlendert weiter am Pier des kleinen Hafens entlang, bewundert die Fischerboote und grüßt die Fischer freundlich, die dort an der Hafenmauer ihre Netze flicken. Zögernd langsam kommt sie mit ihnen ins Gespräch. Sie nennt ihren Namen und erzählt, was sie hier machen will. Dann fragt sie nach einer Weile den ältesten der Fischer, ob sie nicht einmal zum Fischen mit ihm hinausfahren könne.

Sie will einen Krimi schreiben, in dem das Meer eine große Rolle spielt. Und sie habe überhaupt keine Erfahrung, wie es auf einem Fischerboot zugeht. Er willigt gerne ein. Seine Kollegen grinsen und kommentieren das Rendezvous mit einem vielsagenden ‚Ho-Ho'! Das übergeht der alte Seebär und lässt sich nicht irritieren, meint nur, er würde ihr schon alles erklären;

„Übrigens, ich heiße Francois."

„Und ich bin Poppy!"

Sie verabredet sich mit ihm für den nächsten Abend um zehn Uhr. Sie solle sich warm anziehen, denn in der Nacht kann es sehr kalt werden, rät Francois noch.

Poppy begibt sich mit ihren Einkäufen wieder hinauf in ihr Domizil.

Dann geht sie nach oben in ihr Büro. Setzt sich an ihren Laptop und notiert ihre ersten Eindrücke und Personenbeschreibungen.

*

Notizen:

Eliane, wenig attraktiv, scheint etwas undurchsichtig und unterkühlt zu sein, wirkt ziemlich schnippisch und wenig freundlich oder verbindlich.

Eignet sich gut als Intrigantin.

Habe das Gefühl: Sie mag mich nicht.

Die Bäckersfrau Babette Blois ist zwar neugierig, hat aber ein gutmütiges Lächeln.

Sie liebt das Gemütliche und ist darum etwas dicklich, ihr Mann Boris ist ein quirliger, ebenfalls rundlicher und fröhlicher Zeitgenosse.

Der Metzger Jean Morat, ein Bild von einem Mann, hat eine kräftige, imposante Figur. Er ist ein Charmeur und sehr gewitzt. Weiß was er will. Scheint sicher ein Gourmet zu sein.

Friseurin Madame Marie Blanchet, eine äußerst gefällige, hübsche Erscheinung, aber mit Vorsicht zu genießen, sie schwätzt sehr viel. Sie kennt aber auch alle und jeden und ist über alles bestens informiert. Lebt schon lange in dem Ort. Als Alleinerziehende sorgt sie sich sehr um ihre Tochter Annabelle. Will

ihr ermöglichen, aus diesem kleinen Kaff herauszu-
kommen. Sie soll den Traum ihrer Mutter erfüllen,
den sie sich nie hat leisten können.

Der Tante-Emma-Laden ‚Chez Lisette‘, dort kann
man alles kaufen, ein wichtiger Treffpunkt im Ort.

Die Location, der Ort am Meer, ist zwar hübsch ge-
legen aber leider kein Dorf mehr. Er hat seine Ur-
sprünglichkeit verloren. Der Tourismus hat auch
hier seine Spuren hinterlassen. So sind die alten
Kneipen zu eleganten Restaurants umgestaltet
worden mit bunten Tischen und Stühlen davor, im
Moment sind alle noch geschlossen.

Habe noch kein Bistro entdecken können.

Die niedrigen kleinen Fischerhäuser sind farbig an-
gemalt, das sieht zwar ganz hübsch aus, ist aber
auch so eine neuzeitliche Idee.

Einige Läden, in denen man sonst frische Fische,
Austern und Krabben kaufen könnte, sind noch ge-
schlossen, wegen fehlender Gäste, in den Schaufens-
tern sind Fangnetze, Muscheln und künstliche
Hummer dekoriert.

Die Feriensaison beginnt hier erst im August, wie
überall in Frankreich.

Die geschützte Bucht mit dem kleinen Hafen ist sehr malerisch.

Das Meer liegt hinter dem bewaldeten Hügel.

*

Am nächsten Abend hätte sie beinahe ihre Verabredung mit dem Fischer Francois verschwitzt. Sie greift schnell nach einem dicken Pullover, springt in ihren Oldtimer und braust blitzschnell zum Hafen hinunter. Der alte Fischer hat schon gewartet. Sie entschuldigt sich, aber er lacht sie nur aus.

„Typisch Frau" sagt er.

Sie steigen ins Fischerboot. Er gibt ihr eine Gummihose zum Drüberziehen und eine Rettungsweste. Sie beteuert, dass sie gut schwimmen könne, aber das bringt ihn nicht dazu, die Gesetze an Bord über Bord zu werfen.

„Es wird gemacht, was der Käp'ten sagt."

„O.K.!" willigt sie ein.

Dann tuckern sie gemächlich hinter den anderen Booten hinterher, deren Positionslampen weit voraus noch zu erkennen sind.

„Habe ich jetzt durch meine Verspätung Ihren Fang behindert?"

„Na, das wollen wir erst mal sehen;" brummt der alte Seebär, aber dann lächelt er wieder und schaut Poppy verschmitzt und wohlwollend an.

Plötzlich reißen die Wolken auf, und der helle Mond scheint auf die leicht bewegte See. Poppy ist ganz verzaubert von der nächtlichen Szenerie. Sie schwärmt in höchsten Tönen, achtet nicht auf den nassen Boden, rutscht plötzlich aus und landet ziemlich hart auf den Schiffsplanken. Wortlos aber mit einem Grinsen wirft Francois ihr ein Paar Gummistiefel zu, die sie über ihre Stoffschuhe ziehen kann. Nun fühlt sie sich sicherer, so ein alter Seebär hat eben doch Erfahrung.

Dann erklärt Francois ihr, wann man die großen Lampen anmachen muss und wie damit ein Fischschwarm aufgespürt werden kann. Er zeigt ihr die motorgetriebene Winde für das Netz und erzählt noch so allerlei Wissenswertes über die Fischerei.

Tatsächlich muss Poppy später beim Einholen des Netzes kräftig mit anpacken. Der erste Fang ist überraschend gut. Die silbrig-glänzenden und quirligen Fische fließen wie Wasser vom Netz in die auf-gestellten Kisten. Francois startet den Motor aufs Neue, fährt eine Runde und lässt das Netz wieder ausfahren in der Hoffnung, noch einmal auf den großen Schwarm zu treffen. Und tatsächlich hat er wieder Glück, und alle Kisten füllen sich schnell. Beim dritten Anlauf hat sich der Schwarm verzogen, und das Netz kommt fast leer nach oben. Francois legt eine Pause ein. Holt eine Thermoskanne hervor und bietet Poppy an, mit ihm daraus zu trinken, er habe keine Tassen. In der Kanne ist Tee mit Rum oder eher Rum mit Tee. Die Wirkung lässt nicht lange auf sich warten, außerdem wird es immer kühler und die ungewohnten Betätigungen haben Poppy müde gemacht. Sie kauert sich auf den Boden und lehnt sich an die Bordwand. Das sanfte Schaukeln des Bootes schläfert sie ein.

Als das Boot in den frühen Morgenstunden langsam zurück zum Hafen tuckert, ist sie fest eingeschlafen. Der alte Fischer kitzelt sie mit einem Fischschwanz an der Nase, so dass sie erschrocken hochfährt.

„Tut mir leid, dass ich eingeschlafen bin, es war alles so neu für mich. Und das Schaukeln des Schiffes hat mich in den Schlaf gewiegt. Francois, ich danke Ihnen für eine interessante und ungewöhnliche Nacht auf See."

„Na, dann Salut. Und wenn Sie noch Fragen haben, kommen Sie ruhig wieder her.

„Merci, merci!"

Als sie zu ihrem Auto kommt, stehen fünf Dorfjungens bewundernd drum herum.

„Tolles altes Auto, wie schnell fährt der denn?"

Poppy freut sich über das Interesse der Jungen. Sie fühlt sich wieder fit und lädt einen Jungen nach dem anderen zu einer kleinen Rundfahrt um den Platz ein. Die sind voll Begeisterung, und damit steigt ihr Sympathiepegel. Man wird über sie im Ort nicht schlecht sprechen.

*

Der Friseurtermin bei Madame Blanchet steht an. Poppy erfährt wieder viel Neues aus dem Ort und über seine Einwohner. Madame Blanchet adrett, im weißen Kittel mit raffiniert aufgetürmten Haaren, erzählt vor allem von ihrer Tochter Annabelle, die zusammen mit dem Sohn des Metzgers das Gymnasium in der Nachbarstadt besucht. Sie flüstert geheimnisvoll:

„Ich glaube, das ist ihr Freund! Sie fahren jeden Morgen zusammen mit dem Bus zur Schule. Manchmal hilft er ihr in Mathe, darin ist er ein Ass und sowieso der Klassenprimus. Bald werden sie beide das Baccalauréat machen. Dann bin ich froh.

Annabelle will studieren. Aber sie weiß noch nicht was. Ja, mit den Kindern hat man so seine Sorgen. Haben Sie auch Kinder?"

„Nein, leider nicht," antwortet ihr Poppy.

Frisch gestylt und neu erblondet geht Poppy zu ihrem Haus. Auf dem Weg kauft sie sich wieder ein Baguette und erfährt von der netten Bäckersfrau, dass am Wochenende ein kleines Fest am Hafen stattfindet. Poppy denkt: Das ist ideal, dabei kann ich die Bewohner noch besser kennenlernen und mich weiter bekannt machen. Das klappt ja alles wie geschmiert.

*

Diese kleinen Feste in Frankreich sind sehr beliebt. Es wird gut gegessen und viel getrunken, man redet über dies und das, über jene und andere. Poppy merkt, dass sich ihr Französisch ständig bessert, sie fühlt sich immer sicherer. Überall stellt sie sich mit ihrem Vornamen vor. Sie sitzt zuerst bei den Fischern und lässt ihrer Begeisterung vom nächtlichen Fischfang freien Lauf. Francois lobt sie vor allen Anwesenden als tüchtige Hilfskraft, nennt sie seine ‚Glücks-Nixe' und tätschelt dabei ihre Wange. Julie, die Frau von Francois, eine alte verknitterte Erscheinung, schaut dem Geplänkel ihres

Mannes mit grimmiger Miene zu. Um keinen Ärger zu erzeugen, wendet sich Poppy Monsieur Morat zu. Sie lobt das Fleisch, das sie bei ihm gekauft hat. Es hätte ihr sehr gut geschmeckt.

„Das freut mich ganz besonders, weil Sie es sind," sagt er vieldeutig.

Sie flirten noch ein wenig herum, was seine Frau Louise etwas pikiert die Augenbrauen heben lässt. Poppy bemerkt es und verlässt auch hier das empfindliche Terrain. Sie lernt Annabelle, die Tochter der Friseurin, kennen. Annabelle hat wunderschöne lange lockige Haare, die sie aus Verlegenheit ständig mal über die linke Schulter, dann wieder auf die andere Seite schwingt. Sie spricht nicht viel und antwortet nur kurz, denn sie schaut immer wieder mit großem Interesse einem hübschen blonden Jungen hinterher, der aber keinerlei Notiz von ihr nimmt. Sie scheint in ihn verliebt zu sein.

Tragisch, denkt Poppy, vielleicht lässt sich daraus was konstruieren.

Das Fest geht bis in die tiefe Nacht und Poppy ist begeistert, dass sich alles so glücklich anlässt. Es ist schon stockdunkel, als sie, etwas beschwipst, den Heimweg antreten will. Da fragt der Metzger, ob sie denn eine Taschenlampe habe. Leider hat sie nicht daran gedacht, und der Weg durch den Wald ist durch die vielen Baumwurzeln sehr uneben. Da sagt der Metzger:

„Mein Sohn Pierre kann Sie raufbegleiten, damit unsere Dichterin nicht stürzt."

Pierre ist ihr schon aufgefallen. Es ist der hübsche, blonde Junge, dem Annabelle immer sehnsüchtig nachgeschaut hat. Er scheint der Dorf-Beau zu sein, ein gut geschnittenes Gesicht umrahmt von gold-blonden Locken. Seine athletische Figur wird noch betont durch das ärmellose T-Shirt und die ausgefransten Jeans, was sicher nicht ganz zufällig ist und außerdem noch seine gebräunte Haut gut zur Geltung bringt. Pierre holt schnell eine Taschenlampe und dann begleitet er sie durch die Gassen in Richtung Wäldchen. Zunächst gehen sie noch schweigend nebeneinander her, dann aber plappert Pierre auf einmal auf Englisch los, erzählt Belangloses und Poppy nennt seine Aussprache witzelnd ‚Frenglisch', und Pierre kontert:

„Und Sie sprechen ‚Brancais'!"

Darüber müssen beide lachen. Durch ihre zweisprachige Plauderei entsteht zwischen ihnen eine äußerst fröhliche Stimmung. Als sie den engen und teils steilen Weg durch den Wald erreicht haben, stolpert Poppy plötzlich über eine Baumwurzel. Pierre reicht ihr sofort seine Hand. Sie hakt sich bei ihm ein, denn so ganz trittsicher ist sie nicht mehr. Als sie oben angekommen sind, und die Beleuchtung rund um das Haus aufflammt, stellt Pierre fest:

"Oh, Ihr Swimmingpool muss aber dringend gereinigt werden. Wenn Sie wollen, kann ich das morgen nach der Schule machen."

„Ja, das wäre großartig, und du kannst dir ein paar Euros verdienen."

„Sie sollten nur das Wasser ablassen, denn das dauert ziemlich lange."

„Wo ist denn der Stöpsel?"

Pierre lacht und meint, die Armaturen sind wahrscheinlich in der Garage. Sie öffnet die Garage und Pierre staunt nicht schlecht, als er ihren alten MG entdeckt.

„Das ist ja ein toller Wagen. Sind Sie damit von England hierhergefahren."

„Na, klar!"

Pierre umgeht begeistert den Oldtimer und ist voll Bewunderung. Dann finden sie die Schalthähne für den Swimmingpool und Pierre dreht an einigen herum. Hoffentlich weiß er was er da tut, denkt Poppy. Aber zum Nachprüfen ist sie jetzt zu müde und will Pierre schnell verabschieden.

Der druckst noch etwas herum und fragt etwas stockend;

„Entschuldigung, darf ich auch, wie die anderen ‚Poppy' zu Ihnen sagen?"

„Ich bitte darum, Pierre."

„Dann schlafen Sie gut, Poppy und träumen Sie was Schönes."

„Mache ich, und danke, bis morgen, ich freue mich auf dich."

*

Poppy sitzt am nächsten Morgen an ihrem Laptop und macht wieder ihre Charakter-Notizen, so nennt sie die Skizzen zu ihren Plots. Sie legt eine Liste mit den verschiedenen Menschen an, die sie getroffen hat. Zunächst noch mit deren richtigen Namen, damit sie sie wiederfinden kann. Später wird sie den Charakteren eine Rolle zuweisen und auch einen neuen Namen geben. Dann prüft sie, ob daraus eine Geschichte zu bauen ist. Zu jeder Person notiert sie ihren ersten Eindruck und dann ein paar Spekulationen, die dazu passen könnten. Das

Ganze setzt sie in einer schmalen Spalte ab, damit sie später am Rand weitere Bemerkungen einfügen kann. Zwischendrin markiert sie mit Klammern oder Pünktchen die Stellen, wo sie weiterschreiben will usw.

*

Der alte Fischer Francois hat ein von Sonne und Wind gegerbtes Gesicht. Sein verschmitztes Lächeln hat das gewisse Etwas. Er ist früher sicher mal ein richtiger Haudegen gewesen.

Julie, seine Frau ist ebenfalls alt, aber eher verschrumpelt als vom Wetter gegerbt. Sie scheint eine sehr geschickte und routinierte Geschäftsfrau zu sein. In der Saison führt sie den größten Fisch und Delikatessen-Laden im Ort.

In der Geschichte könnte ich ihr die Figur der dicken Bäckersfrau geben.

1.Plot:

Der noch junge Fischer Francois hat auf einem seiner Fischzüge einmal eine nackte Badenixe aus dem Meer gerettet, in die er sich spontan verliebt. Folglich wird er seiner Frau, die täglich im Laden seine Fische verkauft, untreu. Er genießt seine junge

Liebschaft in vollen Zügen, was seine dick-busige Julie nicht nur eifersüchtig sondern auch rachelüstern macht.

Eines Nachts fährt sie mit ihm, wie in früheren Tagen, mal wieder aufs Meer zum Fischen hinaus. Sie macht ihn mit einem sehr starkem Rum-Tee, dem sie noch ein Schlafmittel untergemischt hat, ziemlich betrunken, stößt ihn bei einer günstigen Gelegenheit über die Reling ins Meer. Dann startet sie den Motor und fährt zurück zum Hafen.

Francois aber hat sich mit letzten Kräften an das nachschleppende Netz geklammert und sich darin verhakt. Er hält angestrengt den Kopf über Wasser. Der Motor der Winde läuft und zieht das Netz hoch. Francois krallt sich immer wieder neu in die Maschen. Er friert und hat Angst, durch eine Unterkühlung das Bewusstsein zu verlieren.

Als Julie mit dem Schiff den Hafen erreicht und an Land geht, macht sie ein großes Geschrei......

Ihr Francois sei über Bord gegangen, weil sich die Winde verklemmt hätte. Sie konnte ihn trotz der Lampen, die sie angemacht habe, nicht wiederfinden. Großes Entsetzen überall. Man will sofort die Küstenwache informieren, als..........

Inzwischen hat sich Francois mühsam aus den Maschen des Netzes befreit und klettert die Kaimauer hoch. Bei seinem Anblick schreit Julie entsetzt auf, als hätte sie einen Geist gesehen. Sie stolpert rückwärts, verliert das Gleichgewicht und stürzt zu Boden, wobei sie mit dem Kopf auf einen Poller stößt und ohnmächtig liegen bleibt. Es fließt viel Blut.

Francois will mit einer Stange auf sie losgehen, da fällt sein Freund ihm in den Arm und Francois geht zu Boden, wo auch er völlig erschöpft liegen bleibt.

Polizei und Ambulanz werden gerufen und beide kommen ins Krankenhaus....

Sie liegen Zimmer an Zimmer. Es kommt zu heftigen Auseinandersetzungen.........

oder

Francois schlägt mit einem Enterhaken auf Julie ein und trifft dabei ihren dicken Busen. Sie ist schwer getroffen. Als er erkennt, was passiert ist, rennt er über sie hinweg nach Hause, packt ein paar Sachen zusammen und flieht (als Mörder?) vor der mörderischen Hexe. Mit ihr will er keine Minute mehr unter einem Dach leben......

Er wird gesucht.............

*

Während Poppy am Computer arbeitet, kommt Pierre, wie versprochen, auf das Grundstück. Poppy fühlt sich bei ihrer Arbeit gestört und ist etwas unmutig. Geht hinunter und schließt die Garage auf, wo er alle nötigen Gerätschaften finden kann. Dann verschwindet sie wieder zu ihrer Arbeit. Ab und zu schaut sie aus dem Fenster und sieht, wie sich Pierre im Becken zu schaffen macht. Er hat nur eine knappe Badehose an, denn es ist auf einmal ziemlich warm geworden, und schippt all den Unrat, der über das Jahr ins Becken gefallen ist, auf den Rand. Dann holt er eine Schiebkarre und fährt den Abfall hinter das Haus.

Poppy ist jetzt von ihrer Arbeit abgelenkt und schaut bewundernd dem hübschen jungen Mann bei der Arbeit zu. Er gefällt ihr. Er ist eine Augenweide. Und sie schämt sich, dass sie vorhin so unfreundlich und kurz angebunden gewesen ist. Sie geht hinunter in die Küche, bereitet einen Früchtetrunk zu, legt ein paar Kekse auf einen Teller und geht damit auf die Terrasse.

„Hier, für den fleißigen Wassermann."

„Woher kennen Sie mein Sternzeichen?"

„Ich meinte zwar nur deine Tätigkeit, aber nun weiß ich schon mehr von dir. Komm setzt dich.

Es tut mir leid, dass ich vorhin so kurz angebunden war. Weißt du, wenn ich schreibe, dann tauche ich in eine ganz andere Welt ein, und es braucht eine gewisse Zeit, bis ich wieder ins Hier und Heute zurückfinde. Entschuldige bitte."

„Ich muss mich entschuldigen, ich habe Sie gestört."

„Nein, nein, du bist zu mir gekommen und ich finde es großartig, dass du mir hilfst."

Nachdem er sich die Hände gewaschen hat, nimmt er auf einem der Korbstühle Platz. Dann fragt er sie nach ihren Büchern.

„Ach, ich glaube nur wenige sind ins Französische übersetzt worden."

„Ich kann aber Englisch gut lesen, wenn meine Aussprache auch Frenglisch klingt," fügt er grinsend hinzu.

„Kann ich ein paar Exemplare von Ihnen bekommen?"

„Leider habe ich aus Platzmangel im Auto keine Bücher mitgebracht, aber ich werde meinen Verleger bitten, dass er mir welche schickt."

„Signieren Sie sie mir dann auch?"

„Na klar doch," lacht Poppy.

„Danke! – Übrigens ich spritze jetzt noch das Becken ganz sauber und dann fülle ich es wieder auf, das dauert einen Tag und eine Nacht und danach sollten Sie auf die Sonne hoffen und mindesten 2-3 Tage warten, bevor Sie baden können."

„Da kennst du uns abgehärteten Engländer schlecht, wir lieben das Kühle."

„Soll ich morgen nochmal kommen, um das Wasser abzustellen?"

„Nein, ich will dir deine Zeit nicht rauben. Ich denke, ich komme schon klar."

„Auch wenn Sie in Ihrer Arbeitswelt abgetaucht sind?"

„Danke für das Angebot – aber ich glaube ich komme allein zurecht. Wenn die Bücher da sind, sage ich dir Bescheid. Und jetzt bekommst du noch deinen verdienten Lohn."

Pierre nimmt zögernd die 50 €, die Poppy ihm entgegenhält. Er ist ganz verlegen, wird sogar ein bisschen rot. Poppy klopft ihm leicht auf die braune Schulter, Pierre zuckt zusammen und Poppy wundert sich über sich selbst. Sie geht wieder an ihre Arbeit und macht sich an einen zweiten Entwurf.

*

2. Plot:

Marie Blanchet, hübsch und noch jung, war früher mal mit Marcel verheiratet…

Ihr Mann hat sie angeblich über Nacht verlassen und ist nie mehr zurückgekommen, hat auch nie was von sich hören lassen. Er zahlte auch keine Alimente für die Tochter Annabelle. Warum?........

Was war wirklich geschehen?

Das große Geheimnis von Marie.

Sie hat ihn nämlich umgebracht, (noch einen Grund suchen)…………

und in einem großen Ölfass im Keller versteckt. Dort wo die anderen Chemikalien für ihren Frisörsalon lagern, dort lagert nun auch Marcel, wie eine Ölsardine, total in Öl eingelegt.

Leben mit der Tochter……….

Tochter Annabelle hat Liebeskummer. Sie isst nichts mehr und trinkt auch sehr wenig. Wenn sie mal was gegessen hat, dann spuckt sie es schnell wieder aus. Sie mag sich selbst nicht mehr, sie hasst ihren Körper, sie will sich am liebsten eliminieren. Aber sie raucht heimlich, die Mutter darf es nicht merken, darum geht sie zum Rauchen in den Keller. Durch eine Unvorsichtigkeit bricht eines Tages ein

Feuer im Keller aus. Die Feuersbrunst erfasst das ganze Haus..........

Als alles in Schutt und Asche liegt, wird aufgeräumt und dabei kommen menschliche Knochenteile zum Vorschein.

Ein Inspektor kommt!

Durch die DNA-Analyse wird ein alter Verdacht bestätigt, dass es die Überreste von Marcel sind.

Verhaftung, Verhandlung und Verurteilung. Marie kommt ins Gefängnis und Annabelle begeht später Selbstmord.

Alles vorbei.........!

*

Poppys Verleger ruft an und erkundigt sich, ob alles in Ordnung sei. Er will wissen, wie es ihr dort gefällt, ob die Arbeit voran geht, und wann er ein Manuskript zu sehen bekäme. Poppy berichtet, dass sie an zwei Entwürfen arbeite, aber es gefiele ihr noch nicht so recht, es könnte eventuell diesmal kein Krimi werden, sondern vielleicht ein Liebesroman. Sie sei gerade in einer so guten, positiven Stimmung. Damit ist Mister Jordan gar nicht einverstanden:

„Poppy, Sie haben den Ruf als Krimiautorin zu wahren, ihre Leser wollen was Aufregendes und kein Liebesgesäusel. Wir brauchen eine Leiche und viel Spannung bei der Auflösung."

Poppy ist enttäuscht, setzt sich aber wieder an ihren Laptop und kriminalisiert weiter vor sich hin.

*

Am nächsten Nachmittag taucht Pierre tatsächlich wieder beim Bungalow auf – und das war wichtig – er dreht den richtigen Hahn zu, wirft noch mit einer Schaufel eine Art Desinfektionsmittel ins Becken und verteilt es mit einem großen Kescher.

Poppy sieht ihn vom Fenster aus und eilt die Treppen hinunter.

„Ich habe doch abgedreht," sagt sie. „Aber mit dem falschen Hahn."

„Ach Pierre, was mache ich nur ohne dich! Komm wir trinken einen Tee zusammen. Hast du Zeit?"

„Für Sie immer, wenn ich Sie nur nicht störe."

Als sie mit dem Teetablett auf die Terrasse kommt, sagt sie;

„Wir Engländer regeln alles mit einer Tasse Tee."

Dann sprechen sie über die Schule und Poppy erfährt, dass er bald sein Baccalauréat absolvieren wird.

„Meine Lieblingsfächer sind Mathe, Literatur, Sport, Kunst und Musik. Alles bis auf Mathe Nebenfächer, aber ich bin zuversichtlich, das Bac zu packen."

„Und was willst du danach machen? Eine Lehre oder ein Studium?"

„Mein Onkel, der Bruder meiner Mutter, hat einen großen Weinberg, dort baut er Cognac-Trauben an. Da er keine Kinder hat, will er mir alles vererben. Ich muss dafür die Hochschule für Weinbau absolvieren und ein Praktikum machen, dann kann ich bei ihm anfangen. Dafür interessiere ich mich sehr, und im Wein liegt ja bekanntlich die Wahrheit."

„Und die Metzgerei deines Vaters, was wird damit?"

„Meine Eltern sind mit meinen Plänen einverstanden. Mein Vater wird das Geschäft verkaufen, wenn er keine Lust mehr hat."

„Na, da ist deine Zukunft gesichert."

Dann fragt er sie, ob er ihr seine Arbeit im Fach Literatur zeigen dürfe. Es ist ein Aufsatz über den ‚Tod von Romeo und Julia'.

„Aber sicher, ist das eine Abschlussarbeit?"

Er schüttelt den Kopf, zieht aus seiner Hosentasche zwei zerknitterte Blätter und reicht sie ihr.

„Der Text ist ja schon zensiert," stellt Poppy fest.

„Ihre Meinung als Schriftstellerin wäre mir sehr wichtig."

Und damit steht er blitzschnell auf, sagt Salut und verschwindet.

Poppy wundert sich, geht wieder nach oben. Sie ist neugierig, was der junge Mann geschrieben hat und beginnt gleich zu lesen.

Pierre Morat

Über den Tod von Romeo und Julia

Kurze Inhaltsangabe:

Zwei Familien, die Capulets und die Montagues in Verona sind miteinander verfeindet. Sie hassen sich bis aufs Blut. Beiden Familien ist ihr Stand in der Gesellschaft und ihre Macht wichtiger als das Glück ihrer Kinder.

Julia, ist erst 13 Jahre alt und Romeo zwei Jahre älter.

In einem Zeitraum von 5 Tagen spielt sich das Drama ab, von der Entdeckung der Liebe zueinander, über die heimliche Heirat in der Klause vom Mönch Lorenzo bis zum Tod der beiden. Zwei Selbsttötungen ihrer Liebe geopfert. So haben sie, jeder für sich und für den anderen, ihre Liebe und ihr Leben hergegeben. Also handelt es sich um eine Art Opfertod, oder Liebestod, und dadurch bekommt ihre Liebe auf ewig Bestand.

Über die Leichen ihrer Kinder, erkennen die beiden Familien die Sinnlosigkeit ihres gegenseitigen Hasses und beenden ihre Feindschaft. Allerdings zu spät. Von ihnen überdauert nichts. Während die Liebe von Romeo und Julia durch ihrer beider Tod Ewigkeitswert bekommen hat.

Aus dem letzten Akt:

Romeo, ist aus Mantua nach Verona geeilt, im Glauben, dass seine Julia gestorben sei und findet sie aufgebahrt in der Gruft der Capulets. Ihn hat die Nachricht, dass Julia nur zum Schein tot ist, nicht erreicht.

Aus den letzten Monologen:

Romeo:

> „O gönne mir noch einen solchen Augenblick! Meine Ge-
> liebte, mein Weib, der Tod, der den Honig deines Atems auf-
> gesogen, hat keine Gewalt über deine Schönheit gehabt;

> du bist nicht besiegt; noch schwebt die purpurne Fahne der
> Schönheit auf deinen Lippen und Wangen, und die blasse
> Fahne des Todes ist hier noch nicht aufgesteckt.

> Mein Auge, sieh sie zum letzten Mal an; umfanget sie zum
> letzten Mal, meine Arme, und ihr, siegelt, o meine Lippen,
> mit dem letzten Kuss.

> Dies meine Liebe, trink ich dir zu!

> O ehrlicher Apotheker, (trinkt Gift)

> Deine Tränke wirken gut –

> Noch diesen Kuss. (er stirbt)

Julia erwacht:

> Was ist hier? Ein Becher, in meines Geliebten Hand?

> Gift, wie ich seh, ist sein unzeitiger Tod gewesen.

> O du Unfreundlicher, alles auszutrinken, und nicht einen
> freundschaftlichen Tropfen übrig zu lassen, der mir nach-
> helfe!

> Ich will deine Lippen küssen;

> vielleicht hängt noch so viel Gift daran, als ich nötig habe

> Deine Lippen sind noch warm –

> So? Kommt jemand?

So will ich's kurz machen –

O glücklicher Dolch!

Hier ist deine Scheide, hier roste und lass mich sterben. (Sie ersticht sich.).

Überlegungen:

Warum nimmt Romeo Gift? Er hat doch seine Waffe. Warum muss Julia sich mit dem harten Dolch Gewalt antun.

Romeo & Julia wären nicht das Liebespaar in der Weltliteratur geworden, wenn sie weitergelebt hätten. Das normale Leben hätte sich ihrer bemächtigt und all ihre Liebe wäre in Alltäglichkeiten aufgegangen.

Wie lange dauert eigentlich eine Liebe an? Nur ein paar Tage, wie bei Romeo und Julia oder ein paar Wochen, Monate, ein Jahr vielleicht oder ein ganzes Leben?

*

Poppy ist erstaunt über die Gedanken eines Achtzehnjährigen. Als sie wieder in den Ort hinuntergeht, schaut sie beim Metzger hinein. Die Frau des Metzgers ist im Laden und fragt nach ihren Wünschen. Poppy sagt, dass sie den Aufsatz von Pierre zurückbringen will, ob er da sei. Die Metzgersfrau stutzt, und man sieht ihr an, dass es ihr nicht recht ist, dass ihr Sohn sie besucht hat. Sie nimmt die Blätter des Aufsatzes in Empfang, grüßt kurz und verschwindet in den hinteren Räumen.

Poppy ist überrascht und verlässt nach einer kurzen Wartezeit den Laden.

Sie geht an einer kleinen Gärtnerei vorbei, wo sie von der alten freundlichen Gärtnerin frisches Gemüse und Kräuter kauft.

„Und Blumen, brauchen Sie keine Blumen?" fragt die Gärtnerin.

„Aber sicher doch. Ich liebe Blumen. Geben Sie mir bitte von dem Flieder ein paar Zweige, er duftet so herrlich."

Poppy zieht gut bepackt mit einem riesigen Fliederbusch in einem Arm und die Einkaufstasche am anderen wieder den Berg hinauf. Da überholt sie Pierre und nimmt ihr die schwere Tasche mit dem Gemüse ab.

„Sie waren bei uns im Laden? Und Sie haben meinen Aufsatz gelesen? Darf ich fragen, was Sie davon halten?"

„Nur nicht so stürmisch! Das Thema kann man nicht auf halbem Weg erörtern. Aber ich muss feststellen, Pierre, du bist ein nachdenklicher junger

Mann. Ich frage mich, wie kommst du auf solche Ideen und Interpretationen? Aber komm erst mal mit ins Haus. Ich mache uns wieder einen Tee, du weißt ja, bei einer Tasse Tee lässt sich alles gut besprechen, und wir können über deine Fragen und Ansichten diskutieren."

Sie erreichen den Bungalow, Poppy bereitet Tee zu, und sie setzen sich auf die Terrasse.

„Ich möchte nicht nur wissen, ob Ihnen der Aufsatz gefallen hat, sondern was glauben Sie, wie lange hält die Liebe an, ein paar Tage, Wochen, Monate, vielleicht ein Jahr oder sogar ein Leben lang?"

„Ach, Pierre mit der Liebe ist das so eine Sache. Sie ist so unterschiedlich wie die Liebenden es sind. Ein jeder will die Liebe, jeder sucht sie, alle sehnen sich danach, jeder will sie erleben, auch wenn sie nur von kurzer Dauer ist.

Manchmal allerdings versäumt man es, sie zu hegen und zu pflegen, damit sie andauern kann. Es ist wie bei einer Pflanze, wenn man sie immer gut mit Wasser versorgst, sie an die richtige Stelle setzt, damit sie genug Licht bekommt, dann wächst, blüht und gedeiht sie. Ähnlich ist das mit der Liebe. Wenn man von beiden Seiten mit viel Fantasie und nie endendem Interesse der Liebe dient, dann kann sie andauern. Wie lange, das hängt von vielem ab, aber immer von den beiden Liebenden.

Manche allerdings meinen Sex wäre Liebe, aber das gehört eher in die „one-night-stand" Kategorie. Natürlich gehören Sehnsucht, Lust und Erotik auch zur Liebe. Sie sind sogar die Triebfeder des Ganzen. Aber die wirkliche Liebe ist noch viel mehr."

„Wie schreiben Sie das in Ihren Büchern: wenn jemand meint zu lieben? Wie erklärt er sich?"

„Du beschäftigst dich mit dem Thema nicht nur wegen deines Aufsatzes über Romeo und Julia, nicht wahr? Ich wage mal eine Vermutung: Du bist verliebt! Ist es Annabelle? Ich habe euch auf dem Fest gesehen. Aber wieso hast du eigentlich Angst dich zu erklären? Pierre, du strahlst so viel Selbstsicherheit und Selbstvertrauen aus, und das weißt du auch. Dann kannst du doch mit ein bisschen Mut auch das Risiko einer Erklärung eingehen."

„Nein Annabelle ist es nicht, aber Danke für Ihre Komplimente und ehrlich, ich habe Angst vor einer Zurückweisung."

„Das kann ich verstehen. Aber das sollte deinen Gefühlen keinen Abbruch tun. Du hast die Gewissheit, dass du etwas empfinden kannst, das vielleicht Liebe ist. Das ist doch wunderbar!

Und eins noch, Pierre: Liebe ist keine Versicherung für Gegenliebe. Also deine Angebetete muss dich nicht unbedingt wiederlieben."

Pierre steht unvermittelt auf, sagt, er habe was vergessen und mit einem ‚Salut' verschwindet er blitzschnell. Poppy ist über seine Reaktion verwirrt. War sie zu hart mit ihm? Sie kann sich keinen Reim auf seinen abrupten Abgang machen.

Sie geht wieder an ihre Arbeit, kann sich aber nicht konzentrieren. Immer wieder gehen ihr seine Fragen durch den Kopf. Warum stellt er ihr diese Fragen über die Liebe? Bisher glaubte sie, ihm als erfahrene Schriftstellerin Rat geben zu können. Aber jetzt über-kommen sie Zweifel. Was ist sie für Pierre? Könnte er sich in sie verliebt haben? Gilt sein Interesse einer unerreichbaren Frau mit einer gewissen Erfahrung?

Sie erinnert sich, dass von der ersten Begegnung an, als er sie den Weg zum Bungalow begleitete, schon so eine überraschende Selbstverständlichkeit und heitere Übereinstimmung zwischen ihnen war. Auch als er den Pool reinigte, war nachher so eine bedeutungsvolle Spannung zwischen ihnen. Hat sich bei ihm die gegenseitige Sympathie in Verliebtheit gewandelt, oder meint er jetzt sogar zu lieben?

Aber ihr Altersunterschied ist so riesig, er ist gerade achtzehn Lenze und sie genau doppelt so alt. Er kann sich nicht in sie verliebt haben. Es gibt doch genügend junge Mädchen in seinem Alter. Er kann sie alle mit einem Fingerschnips haben. Sie schwärmen für ihn, aber das reizt ihn anscheinend nicht. Ist eine reife Frau mit Erfahrungen sein Traum?

Und so scheint es nicht nur!

Pierre schreibt vor lauter Schwärmerei Gedichte, in denen er Poppy zwar nicht erwähnt, aber wenn man genau hinschaut, doch meint. Er ist ein verzweifelter Liebender. Er schwankt zwischen Begeisterung, Träumerei und Verzweiflung hin und her. Und er hat Angst, sich ihr zu erklären.

Du bist in meinem Kopf.

Gedanken gehen hin und her, auf und ab

Stoßen immer wieder auf dich.

Du bist überall.

Ich will zu dir gehen

Dich mit meinen Armen umfassen

Und in deine Arme sinken.

Verzweiflung und Hoffnung

Treffen sich in mir.

Mir wird schwindlig davon.

Es packt mich wie eine Krankheit.

Dann wieder strahlt in mir eine große Freude,

Und im gleichen Moment bin ich tieftraurig.

In seinen Gedanken ist Poppy überall – und in der Wirklichkeit ist Pierre überall, wo Poppy sich gerade aufhält. Ja, er lauert ihr regelrecht auf. Wo immer sie ist, plötzlich taucht Pierre auf. So kommt es, dass er sie bei einem Spaziergang am Strand so ganz und gar zufällig trifft. Poppy sammelt Muscheln und Pierre springt wie ein junges Fohlen in den ausrollenden Wellen herum. Dann erzählt er ihr von seinem Lieblingsplatz an den hohen Klippen.

„Die muss ich Ihnen mal zeigen. Man hat von dort einen großartigen Blick über das Meer und tief unten rauschen die Wellen."

„Wenn es nicht zu weit ist, kannst du mir morgen nach deiner Schule die Klippen zeigen. Jetzt muss ich mich wieder an die Arbeit machen."

Pierre willigt freudig ein. Am nächsten Nachmittag begrüßt er sie an ihrer Tür mit den Worten:

„Von hier aus ist es gar nicht weit, wir müssen nur den Höhenweg auf den Dünen entlanggehen und schon sind wir da."

Pierres Lieblingsplatz liegt etwa dreißig Meter über dem Meer an einer felsigen Abbruchstelle. Dort setzt sich Pierre an die äußerste Kante und lässt seine Beine über dem Abgrund baumeln.

Poppy erschaudert. Ein höchst unangenehmes Kribbeln durchzieht sie von Kopf bis Fuß, und sie wagt sich nicht näher an die Kante, aber Pierre erklärt ihr:

„Das Erdreich wird gehalten von den dicken Wurzeln der Kiefer dort. Da kann nichts passieren oder abrutschen, es ist stabil."

Poppy traut sich trotzdem nicht so nah heran. Allerdings ist der Ausblick über das Meer und den Wolkengebirgen am blauen Himmel so beeindruckend, dass Poppy sich doch niederlässt, aber mit ausreichend Abstand von dem Abgrund.

*

An einem Freitagmittag fährt Poppy mit dem Auto in die nächst gelegene Stadt, um für das Wochenende im Marché einzukaufen. Auf einem Angebotstisch für Hobbymaler entdeckt sie mit Stoff bezogene Keilrahmen. Ihr kommt die Idee, ein paar Bilder selbst zu malen, um damit das kahle Wohnzimmer zu dekorieren. Sie packt mehrere Rahmen in verschiedenen Größen in ihren Einkaufswagen und sucht dazu noch Farben, Klebstoff und Pinsel aus.

Dann bleibt sie an einem riesigen Fischstand stehen, zieht eine Nummer und wartet, bis die aufgerufen wird. Inzwischen schaut sie sich das Angebot an. Auf einmal steht Pierre neben ihr.

„Guten Tag, kaufen Sie auch hier ein?"

„Ja, und du auch?"

„Ich bringe immer freitags nach der Schule Fisch mit nach Hause, solange bei uns die Fischgeschäfte noch geschlossen sind. Freitags Fisch, das ist bei uns so Tradition. Was haben Sie denn mit den vielen Keilrahmen vor?"

„Ich will das kahle Wohnzimmer etwas mit Farbe beleben."

Während der Wartezeit berät Pierre sie, welche der Fische am besten sind. Dann gehen sie zur

Kasse. Draußen vor dem Marché will Poppy wissen, wie er denn nach Hause kommt, der Schulbus sei doch sicher schon fort.

„Ich nehme den nächsten Bus."

„Du kannst auch mit mir fahren, wenn du willst."

„Ja, sehr gerne."

Auf der Fahrt unterhalten sie sich über dies und das. Es ist nie langweilig mit ihm, denkt Poppy. Dann fragt sie ihn:

„Hättest du nicht Lust mit zu malen, also ein paar Bilder modern zu beklecksen? Zu zweit macht es viel mehr Spaß."

„Super gern, wann soll ich kommen?"

Sie verabreden sich auf den Nachmittag, Poppy setzt Pierre vor der Metzgerei ab und fährt zu ihrem Bungalow hinauf.

Es drängt sie, ihre Idee sofort in die Tat umzusetzen. Sie hat jetzt keine Zeit zum Mittagessen. Im ganzen Wohnzimmer legt sie Zeitungspapier aus, darauf verteilt sie die Rahmen. Und bevor sie sich künstlerisch betätig, zieht sie noch einen Kittel an, den sie in der Abstellkammer gefunden hat.

Das erste Bild beschmiert sie dick mit Klebstoff, dann streut sie Sand darüber, der auf dem klebrigen Untergrund hängen bleibt, darauf dekoriert sie ein paar schöne Muscheln, die sie am Strand gesammelt hatte, und klebt sie ebenfalls fest. Sie tritt zurück und betrachtet ihre erste Kreation.

„Das sieht ja irre-super aus!" kommt der Kommentar von Pierre, der soeben von der Terrasse hereingekommen ist. Poppy drückt ihm einen Pinsel in die Hand und sagt:

„Los Monsieur Picasso, zeig was du drauf hast."

Beide sind beschäftigt und versinken in ihre Malerei. Pierre malt auf blauem Hintergrund ein schnittiges Segelboot. Poppy streicht mit einem dünnen Pinsel lauter farblich abgestimmte Linien über die Bildfläche. Auf das nächste Bild kleckst sie verschiedene Farben, die aber gut miteinander harmonieren, das sieht schön abstrakt aus, findet sie, während Pierre in seine Schwarz-Weiß-Komposition als besonderen Akzent einen roten Punkt setzt. Sein nächstes Bild besteht aus lauter bunten Drei- und Vierecken. So entsteht ein Bild nach dem anderen, dann sagt Poppy:

„Die Bilder, die schon trocken sind, könnten wir gleich aufhängen. In der Garage sind Hammer und Nägel."

Pierre holt das Werkzeug und nimmt ein Bild nach dem anderen, hält es an die Wand. Poppy tritt zurück und schaut, ob es nicht eher an einer anderen Stelle besser wäre. Dann einigen sie sich und Pierre befestigt die ersten Bilder. Sie bewundern ihre Werke und sind von ihren Kreationen und ihrer ganz persönlichen Galerie begeistert.

Pierres nächstes Bild zeigt das blaue Meer mit einer Gischt gekrönten großen Welle und er nennt es die „Monsterwelle." Er hält es neben dem Kamin an die Wand. Poppy schaut lange darauf und dann plötzlich durchzuckt es sie.

„Was sagst du, eine Monsterwelle?"

Sie starrt wie gebannt auf das Bild, dann tanzt sie um ihn herum, umarmt ihn und jubelt:

„Das ist die Idee, jetzt hab' ich's!"

Sie läuft die Treppe nach oben und ruft ihm zu:

„Ich muss schreiben, schreiben, du kommst doch alleine klar?"

Und schon ist sie in ihrem Büro verschwunden. Pierre steht noch etwas verdattert da, dann packt er die Zeitungen zusammen und verzieht sich. Er ist ein wenig enttäuscht, eben war doch alles noch so lustig und stimmig. Auf einmal ist sie weg, und alles ist anders.

*

3.Plot

Titel: Die Monsterwelle

Eine Hochsee-Regatta durch die Biskaya. Ein junges Ehepaar, dass sich nicht mehr „grün" ist, nimmt daran teil.

Wim, ist ein sehr reicher, streng erzogener Katholik aus dem Süden Hollands, er hat die ebenfalls sehr reiche Gretje aus Amsterdam geheiratet. Gretje stammt aus einer protestantischen Familie mit calvinistischen Wurzeln.

Hier war wohl das Geld das Ausschlaggebende. Sie haben sich beim Segeln kennengelernt. Beide besitzen jeder eine große Yacht. Yachthafen etc.........

Am Anfang war da auch so was wie Zuneigung oder zarte Liebe.

Beschreibung........

Allerdings orakelte die Tante von Gretje vor der Hochzeit:

„Zwei Religionen auf einem Kissen, da sitzt der Teufel mitten zwischen."

Gretje ist liberal erzogen worden und findet sich mit den Einschränkungen und strengen Ritualen in Wims Familie nicht zurecht. Sie bekommt vor der Hochzeit sogar katholischen Religionsunterricht.

Strenge Haussitten herrschen in dem großen schlossähnlichen Anwesen..........

Wim ist sehr mit seinem Job verbunden, hat wenig Zeit für sie. Nur beim Segeln verstehen sich die beiden. Außerdem sind sie selten allein, weil immer irgendwelche Familienmitglieder anwesend sind. Auch in Sachen Liebe läuft nicht viel. Wim ist sehr zurückhaltend und etwas tollpatschig oder unbeholfen. Da verwundert es nicht, dass Gretje nach einiger Zeit Trost woanders sucht und auch im Segelclub bei einem Kameraden findet................

Als der Seitensprung entdeckt wird, sperrt Wim seine Frau zur Strafe ein. Die Sünderin soll büßen. Nur zu den Mahlzeiten darf sie herunter in den Speisesaal kommen, wo sich die zahlreiche Familie versammelt. Man schneidet sie, niemand spricht mit ihr. Einmal versucht sie zu fliehen, in dem sie vortäuscht zur Toilette zu müssen. Aber an der Haustür ist ihre Flucht schon zu Ende.

Als letzte Rettung verlangt sie nach einem Priester, dem sie ihre missliche Lage erklärt und ihn um Hilfe bittet. Vor allem aber möge er doch ihren Mann Wim dazu bekehren, ihr zu vergeben.......

Nach einigen Monaten nimmt Wim sie wieder mit auf ihre Segelyacht und es sieht so aus, als könne alles wieder ins Lot kommen. Wim ist freundlich zu ihr. Er zeigt wieder Interesse, sich mit ihr zu unterhalten. Er legt sogar beim Verlassen der Yacht seinen Arm um sie, damit man im Royal-Yacht-Club sehen kann, dass alles wieder gut ist. Aber das ist es nicht. Im Grunde grollt der gehörnte Ehemann immer noch. Er kann die Schmach nicht ertragen.

Eine Hochsee-Regatta, bekannt und gefürchtet als Biskaya-Überquerung, ist für beide nicht nur eine sportliche Herausforderung sondern auch als Versöhnung (oder als endgültige Trennung) gedacht.

Man startet an einem Freitag bei schönstem Wetter von Brest in Frankreich. Der Regattakurs geht durch die Biskaya bis nach Porto in Portugal. Drei bis vier Tage sind dafür vorgesehen. 20 Yachten nehmen an dieser internationalen Hochsee-Regatta *teil. Jede Yacht nur mit einem Skipper und einem Vorschoter besetzt.*

Zunächst läuft auch alles prima. Die zwölf Meter lange Yacht „Poseidon" von Gretje und Wim liegt im vorderen Drittel.

Wim wählt den westlichen Kurs, der zwar etwas weiter ist, aber meistens über gleichmäßigere Winde verfügt.

Aber dann kommt alles anders. Wie vorhergesagt, kündigt sich eine Sturmfront an. Nicht nur das Wetter verschlechtert sich, sondern auch Wim's Stimmung. Sein alter Groll kommt wieder hoch, bei seinen Kommandos schlägt er einen Ton an, den Gretje nicht von ihm kennt. Er schreit und droht ihr, wenn sie nicht das und das mache, dann könne dies ihre letzte Fahrt sein.

‚Am besten Du machst bald Deinen Frieden.'

‚Was hast Du vor, willst Du mich umbringen?'

‚Ich nicht, das schafft schon das Meer.'

Der Sturm erreicht Orkanstärke und peitscht die Wellen bis auf zehn Meter Höhe. Der Himmel verdunkelt sich und außerdem geht noch ein starkes Gewitter hernieder.

Die Poseidon schlingert die Wellenberge rauf und stürzt sich in die Täler, dass es nur so kracht. Gretje hat sich einen Tampen um die Taille gebunden, an dem ein Karabiner hängt, mit dem sie sich überall an Bord festmachen kann. Wim befiehlt ihr zum Vorschiff zu laufen, um die Verschnürung der Fock wieder neu zu befestigen, die sich durch den Sturm gelöst hat. Immer wieder geht die See über das ganze Schiff, und es ist höchst gefährlich nass auf den Planken. Man kann leicht ins Rutschen kommen, den Halt verlieren und von der Gewalt einer Welle mitgerissen werden. Gretje hakt ihren Karabiner an der Safetyline ein, die neben der Reling ist und läuft nach vorn zum Vorschiff. Die Wellen kommen durch das Gewitter mittlerweile aus allen Richtungen. Es entsteht eine gefährliche Kreuzsee.

Plötzlich türmt sich eine Riesenwelle auf. Gretje schreit auf, Wim verlässt das Ruder und rennt ihr entgegen, (was hat er vor, sie schubsen?) Gretje rutscht aus und fällt zu Boden. Wim stolpert über ihren Körper. Er liegt für den Bruchteil einer Sekunde auf ihr, und dann wird er von der Wucht der Welle hochgerissen und über Bord gespült. Gretje konnte es zwar nicht sehen, aber sie spürt ihn nicht mehr und sieht nur, dass das Ruder unbesetzt ist.

Als die nächste Welle die Poseidon wieder hochzieht, löst sie den Karabiner und rutscht auf den Planken ans Heck zum Ruder ans. Dort befestigt sie sich wieder und bringt das Boot in die richtige Lage, damit es nicht kentert. Dann setzt sie den Notruf ab und gibt damit gleichzeitig ihre Position durch. Endlich wirft sie noch zwei Rettungsringe ins Meer. Sie schaut, ob sie etwas von Wim entdecken kann, aber weder die gelbe Rettungsweste noch sonst etwas ist von ihm in der chaotischen Wasserwüste zu entdecken. Und schon wieder muss sie die Poseidon in die richtige Position bringen, die Wellen rauf und runter abreiten, bis sie nach einer schier endlosen Zeit eine etwas ruhigere See vor sich hat. Auch das Gewitter ist vorübergezogen. Sie verlässt den Regattakurs und ändert ihn in Richtung Land. Sie hört über sich einen Rettungshubschrauber der französischen Küstenwache, der die See absucht. Also ist Hilfe unterwegs. Gretje steuert jetzt die Poseidon in Richtung Nord-Ost und will den nächsten Hafen anlaufen. Dabei begegnen ihr zwei Schiffe der Seenotrettungsgesellschaft, die zur Unfallstelle unterwegs sind. Sie meldet, dass bei ihr an Bord alles soweit in Ordnung ist. Als sie nach Stunden den kleinen Küstenhafen erreicht hat, wird die Poseidon gleich von einigen wartenden Seeleuten in Empfang genommen und vertäut. Als sie endlich festen Boden unter den Füssen hat, sackt sie zusammen und zittert am ganzen Körper. Sie wird sofort von der schon wartenden Ambulanz in eine Krankenstation gebracht. Mit einer Beruhigungsspritze fällt sie in einen Tiefschlaf. Im Schlaf schreit sie immer wieder auf. Der französische Arzt kann nicht verstehen, was die Holländerin sagen will. Dass es Schimpfworte sind, das ist ihm klar.

Am nächsten Morgen erscheint die Polizei und ein Inspektor ist auch dabei. Ihr wird mitgeteilt, dass man ihren Mann tot geborgen habe, er sei ertrunken. Dann wird sie zu dem Hergang des Unglücks befragt, und es kommt ihr so vor, als verdächtige man sie.

Nach drei Tagen kommt ihr Bruder, um sie abzuholen. Sie fahren gemeinsam zurück in ihr Elternhaus. Zu ihren Schwiegereltern traut sie sich noch nicht.

Die Familie von Wim gibt Gretje die Schuld an dem Unglück und es kommt zu einer Untersuchung und sogar zur Gerichtsverhandlung. (Wim sei doch immer ein sehr guter Schwimmer gewesen). Gretje kann die Anklage nicht verstehen. Alles scheint sich gegen sie verschworen zu haben. Selbst der frühere Lover, dessen neuerliche Annäherung sie brüsk abgelehnt hat, scheint darüber so verärgert zu sein, dass er bei Gericht zu ihren Ungunsten aussagt. Sie hätte mal geäußert, dass man beim Segeln schnell mal über Bord gehen kann.

Auch der französische Arzt von der Krankenstation, der sie behandelt hat, sagt aus, dass sie im Schlaf schreckliche Worte ausgestoßen habe, aber er hätte sie nicht verstanden.

Die Poseidon wird einem Makler zum Verkauf angeboten....

Weiterer Ärger mit Wims Familie....

Es war die Yacht von Gretje.

Schlussendlich wird Gretje aus Mangel an Beweisen freigesprochen.

"Nur Sie, ihr Mann und das Meer wissen, was wirklich passiert ist," so begründet die Richterin das Urteil.

⋆

Eliane ist mal wieder zum Bungalow gekommen, um sauber zu machen und nach dem Rechten zu sehen. Sie empört sich über die Bildergalerie im Wohnzimmer und meint;

"Ob das den Jordans recht ist? Ich weiß nicht."

"Wenn es nicht gefällt, dann kann man die Bilder auch wieder abnehmen," erklärt Poppy.

„Und die Löcher in den Wänden, was ist damit?"

„Die kann man mit ein bisschen Zahnpasta unsichtbar machen. Alles kein Problem, Eliane."

Eliane schüttelt verständnislos den Kopf und geht an ihre Arbeit.

Poppy muss feststellen, dass Eliane ihr nicht gewogen ist, umgekehrt mag sie sie aber auch nicht.

Das ganze Wochenende hat Poppy sich mit der „Monsterwelle" beschäftigt. Sie hat über die verschiedensten Regatta-Routen und holländischen Yachtclubs im Internet recherchiert und sich mit dem Segler-Latein vertraut gemacht. Nur einmal ist sie aus dem Haus gegangen, um sich beim Fischer Francois nach speziellen Seeregeln zu erkundigen. Der Krimi hat sie gepackt. Die von ihr ausgedachte Handlung zieht sie in den Bann.

*

Am Montag muss sie wieder runter zum Einkaufen und fährt mit dem Auto, damit es schneller geht. Unten im Ort parkt sie vor der Metzgerei und erkundigt sich bei Herrn Morat, ob er auch Wild zu verkaufen hätte.

„Ja, heute Abend. Ich werde mit meinem Sohn auf die Jagd gehen, und wenn wir Glück haben, dann haben wir auch demnächst Wild anzubieten."

Als sie wieder zu ihrem Auto geht, steht Pierre daneben und wartet auf sie.

„Dass so ein altes Auto immer noch gut fährt, ist erstaunlich," stellt er fest.

Poppy, die es eigentlich eilig hat, verspürt plötzlich Lust, mit Pierre eine kleine Rundfahrt zu machen. Seine unbekümmerte Fröhlichkeit gefällt ihr sehr und färbt auf sie ab.

„Willst du mal ans Steuer? Wir könnten eine kleine Spritztour machen."

„Oh ja gern! Ich hab sogar `nen Führerschein, den habe ich gleich nach meinem 18. Geburtstag gemacht."

„Umso besser. Aber diese alte Kiste muss man mit Zwischengas fahren, kennst du das?"

„Nein, aber bitte zeigen Sie mir, wie das geht."

Sie steigen ein. Pierre startet und würgt erst einmal den Motor ab. Beide lachen, dann erklärt ihm Poppy, dass er erst die Kupplung treten muss, dann den Gang einlegen, die Kupplung langsam kommen lassen und Gas geben. Bei jedem Gangwechsel musst du erst kuppeln, dann Zwischengas geben um die richtige Drehzahl zu erreichen, wieder kuppeln, Gang einlegen die Kupplung wieder langsam kommen lassen und Gas geben. Schon bald holpert der MG durch den Ort und ein paar Minuten später läuft alles wie geschmiert und Pierre ist mächtig stolz. Nach der kleinen Ausfahrt bringt er Poppy bis zum Bungalow rauf und stellt den Wagen sogar in die Garage.

„Danke Ihnen, das war ein großartiges Erlebnis für mich."

*

In der Nacht ist Pierre mit seinem Vater wie geplant auf die Jagd gegangen. Auf dem Weg dorthin erzählt ihm Pierre begeistert, dass er den Oldtimer gefahren hat. Sein Vater bemerkt neben der Begeisterung auch die Schwärmerei seines Sprösslings für die Besitzerin des Wagens und lächelt heimlich in sich hinein.

Sie nehmen beide auf dem Hochsitz Platz und Pierre nimmt ein Reh, das gerade in dem Moment aus dem Gehölz auf die Wiese heraustritt, ins Visier. Sein Vater stößt ihn an und raunt.

„Schieß doch!"

Es knallt und das Reh fällt, glatter Blattschuss. Pierre ist überrascht wie schnell es ging. Es ist sein erstes Reh. Sie gehen zusammen zum erlegten Tier und brechen es weidmännisch auf. Pierres Vater schneidet das Herz und die Leber heraus und übergibt sie seinem Sohn mit den Worten:

„Hier hast du dein kleines Jägerrecht!"

Pierres Selbstbewusstsein macht einen Luftsprung.

„Vater, das war aber Glück"

„Und Können!" erwidert der Vater. Er ist stolz auf seinen Sohn. Sie haben noch eine Weile im Wald zu tun und dann treten sie den Rückweg an. Zuhause bringen sie das Reh ins Kühlhaus, um es dort abhängen zu lassen.

Am nächsten Tag nach der Schule, schnappt Pierre den Beutel mit den Innereien vom Reh und eilt damit hinauf zum Bungalow. Poppy schaut ihn verwundert an:

„Sind wir verabredet?"

„Nein, aber Sie wollten doch Wild haben, ich habe gestern Nacht ein Reh geschossen und möchte Ihnen jetzt mein Herz schenken."

Er merkt sofort, wie zweideutig es klang und Poppy erwidert ebenso zweideutig, indem sie ein Lied von J.S. Bach vor sich hin trällert:

Wouldst thou thine heart now give me,	Willst du dein Herz mir schenken,
Proceed in secrecy,	So fang es heimlich an,
That twixt us our intentions	Dass unser beider Denken
No one may ever guess.	Niemand erraten kann.
Since love must be, if mutual,	Die Liebe muss bei beiden
Forever silent kept,	Allzeit verschwiegen sein,
So hide thy greatest pleasures	Drum schließ die größten Freuden
Within thy heart's recess.	In deinem Herzen ein.

Pierre ist vor Aufregung ganz rot geworden.

„Ja, das Lied kenne ich, aber ich meinte, ich will Ihnen das Herz vom Reh schenken. Ich könnte es auch zubereiten, wenn Sie wollen."

„Also Pierre, du bist für jede Überraschung gut! Ich habe heute auch noch nichts gegessen und nehme dein Angebot gerne an."

Und Poppy trällert die zweite Strophe:

O cautious be and silent,	Behutsam sei und schweige
And never trust a wall,	Und traue keiner Wand
Love inwardly, and, outward,	Lieb' innerlich und zeige
Appear quite unattached.	Dich außen unbekannt.

Suspicion give thou never,	Kein' Argwohn musst du geben,
Disguise is ever meet.	Verstellung nötig ist.
Enough, that thou, my being	Genug, dass du, mein Leben,
My faith art e'er assured.	Der Treu' versichert bist.

„Haben Sie Zwiebeln und Gewürze im Haus?"

„Schau, dort im Schrank ist alles, und ich mache uns noch einen Salat dazu, Baguette ist auch noch vorhanden. Also du schenkst mir ‚Dein' Herz und ich lade dich dafür zum Essen ein."

Sie singt weiter:

O covet no attentions	Begehre keine Blicke
Of my devotion, none,	Von meiner Liebe nicht,
For jealousy so many	Der Neid hat viele Stricke
Snares for our work hath laid.	Auf unser Tun gericht.
Thou must conceal thy feeling,	Du musst die Brust verschließen,
Heart's fancy hold within.	Halt deine Neigung ein.
The joy which brings us rapture	Die Lust, die wir genießen,
Must e'er a secret be.	Muss ein Geheimnis sein.

Pierre macht sich gleich an die Zubereitung, säubert und schneidet das Herz in Streifen, rüstet die Leber, dann brät er die Zwiebeln an und legt die

Fleischstreifen in die Pfanne. Poppy hat den Salat geputzt, den Tisch gedeckt und eine Flasche Rotwein geöffnet.

„Etwas Sahne hätte ich noch gern für die Sauce."

„Ist im Kühlschrank!"

Als Continuo bei der Essensbereitung endet Poppy mit dem letzten Vers das Lied.

Now license and indulgence	Zu frei sein, sicher gehen,
Have often brought their risk.	Hat oft Gefahr gebracht.
We must have this agreement,	Man muss sich wohl verstehen,
For spiteful eyes do watch.	Weil ein falsch Auge wacht.
Thou must that motto ponder	Du musst den Spruch bedenken,
Which I before did state:	Den ich zuvor getan:
Wouldst thou thy heart now give me,	Willst du dein Herz mir schenken,
Proceed in secrecy.	So fang es heimlich an.

In Nullkommanix ist ein köstliches Gericht gemacht. Poppy und Pierre setzen sich an den Tisch auf der Terrasse und lassen es sich schmecken. Pierre erzählt stolz, dass das sein erstes Reh war, das er geschossen hat.

„Das Herz von einem Reh, so wie im Märchen von Schneewittchen? Und es schmeckt auch so märchenhaft. Prost Pierre! Ich danke dir. Wo hast du denn kochen gelernt?"

„Das lernt man in einer Metzgerei so nebenbei. Hat es Ihnen geschmeckt?"

„Ich sagte ja, märchenhaft."

„Ach, by the way, ich habe auch noch eine Überraschung für dich. Die Bücher sind angekommen. Ich habe dir drei ausgesucht, zwei in Französisch und eins in Englisch. Widmungen stehen drin."

Pierre ist außer sich vor Freude.

„Oh, ich danke Ihnen viel, viel Mal. Was bin ich schuldig?"

„Geschenkt!"

„Was bin ich doch für ein Glückspilz!"

Er nimmt die Bücher in Empfang, verabschiedet sich schnell und rennt den Waldweg hinunter. Er will sofort mit dem Lesen beginnen. Zunächst liest er die Widmungen. In den beiden französischen Krimis steht:

Für Pierre von Poppy

Und in dem englischen Krimi:

For Pierre,
the most adorable sunnyboy
with love
Poppy

With Love! Pierre ist aus dem Häuschen, er kann es nicht fassen. Er jubelt; *with love Poppy*, sie liebt ihn – oder schreibt man das im Englischen immer so? Nun zweifelt er wieder, und doch ist er glücklich über die Widmung, setzt sich hin und liest. Liest alle Krimis, einen nach dem anderen. Die ganze Nacht brennt in seinem Zimmer das Licht.

Am nächsten Morgen im Schulbus zum Gymnasium sackt sein Kopf an die Fensterscheibe und Annabelle schaut ihn besorgt an. Als ihn ein zweites Mal im Unterricht die Müdigkeit übermannt, ruft der Lehrer:

„Hallo, Pierre Morat, wo sind Sie gerade?"

Pierre schreckt hoch und seine Mitschüler hänseln ihn.

„Pierre ist verliebt!"

Und er gesteht ganz offen:

„Ja, sehr sogar, ihr seid bloß neidisch!"

Am Nachmittag steht er wieder vor dem Bungalow, als Poppy gerade wegfahren will.

„Ich habe sie alle gelesen. Sie sind wirklich spannend," ruft er ihr zu.

„Willst du mitfahren, ich muss wieder in die Stadt?"

„Oh, ja gerne."

„Na dann kannst du mich auch gleich chauffieren."

Pierres Begeisterung ist kaum noch zu steigern. Nicht nur ihr Vertrauen in seine Fahrweise ehrt ihn, sondern das Zusammensein mit Poppy beflügelt ihn. Er ist glücklich und mächtig stolz. Sie fahren durch den Ort, wo ihnen einige Leute neugierig nachschauen.

*

Die Schulabschlussklasse von Pierre macht in einem entlegenen Schulheim einen Wochenkurs, es handelt sich um eine Art Klausurtagung zur Vorbereitung auf das Baccalauréat. An einem Montag fahren die Schüler mit dem Bus los. Pierre hat sich kurz vor der Abfahrt von seinen Mitschülern getrennt, mit anderen Worten, er will in dieser Woche die Schule schwänzen. Als der Bus abgefahren ist, ruft er Poppy an.

„Poppy, ich habe eine Bitte an Sie. Könnten Sie mich abholen, ich habe den Bus für den Kurs verpasst und meine Eltern können beide nicht. Wäre Ihnen das möglich? Ich stehe an der Eglise St. Martin."

Er klingt verzweifelt und Poppy, die sowieso in die Stadt wollte und in die Richtung hätte fahren müssen, sagt zu. Sie fährt mit ihrem Auto zu der angegebenen Stelle. Auf der Fahrt dorthin beschleicht sie ein ahnungsvolles Gefühl, dass sie erschreckt. Von weitem sieht sie ihn an den Treppen der Kirche stehen. Eine seltsame Aufregung überfällt sie. Dann schüttelt sie dieses Gefühl ab und hält mit quietschenden Reifen vor den Treppenstufen. Pierre springt die Stufen herunter und öffnet die Beifahrertür, steigt ein, schaut Poppy nicht an, sondern sagt nur kurz:

„Danke!"

Poppy bemerkt, wie seine Hände zittern. Sie legt ihre Hand auf seine und fragt:

„Was ist los mit dir, Pierre? Es ist doch nicht so schlimm, dass du den Bus verpasst hast."

Da sackt Pierre in sich zusammen und beginnt zu weinen. Poppy legt tröstend ihren Arm um seine Schultern und sein Kopf sinkt an ihre Brust. Poppy streichelt über seinen Rücken. Er schluchzt und kann sich nicht beruhigen. Sie sagt mit leiser Stimme:

„Aber Pierre, so schlimm kann es doch nicht sein. Wenn du willst, kann ich dich dort hinfahren."

Und dann bricht es stockend aus ihm heraus;

„Ich liebe Sie! Ich liebe Sie! Ich kann nichts anderes mehr denken, nur noch an Sie. Tag und Nacht, jede Stunde.

Ich kann nicht mehr schlafen.

Ich schreibe Gedichte für Sie.

Ich will nur für Sie da sein.

Ja, ich möchte mich an Sie ganz und gar verschenken.

Bitte, bitte verzeihen Sie mir."

Poppy befreit sich vorsichtig langsam aus seiner verzweifelten Umklammerung und sagt, indem sie ihn liebevoll anschaut:

„Lass uns hier erst einmal wegfahren. Dann können wir über alles reden."

Sie startet den Wagen und fährt in Richtung Klippen. Vor der Steilküste hält sie an und sagt:

„Komm, lass uns hier zu deinem Lieblingsplatz gehen."

Brav folgt er und trottet unsicher neben ihr her. Als sie aufmunternd und tröstend ihren Arm um ihn legt, erwacht er aus seiner Lethargie und umschlingt Poppy mit einer Heftigkeit und Inbrunst, die ihr den Atem rauben.

„Pierre, Pierre, bitte lass mich, du zerquetschst mich ja noch. Lieber Pierre, du kannst mich doch nicht meinen, ich bin fast doppelt so alt wie du."

„Doch, von Anfang an. Es war wie ein Blitz, der mich getroffen hat. Ich wusste plötzlich nicht mehr wo, was und wer ich bin. Alles um mich herum und vor allem in mir ist nur noch eins, ‚Poppy'. Das beglückt mich und schmerzt zugleich."

Sie setzen sich an die Abbruchkannte und schauen beide schweigend aufs Meer hinaus, hören und sehen den rauschenden Wellen zu, die tief unten gegen die Felsen schlagen. Jeder ist in seine Gedanken versunken. Poppy kämpft mit Gewissensbissen, gleichzeitig ist sie gerührt von seinem Geständnis und spürt in sich eine tiefe Sehnsucht nach seiner Nähe aufsteigen.

Pierre hat Angst, ihr nicht zu genügen, und doch drängt sich in ihm alles zu ihr hin.

Ein tiefer Seufzer kommt aus seiner Brust, fragend wendet er sich zu Poppy. Sie lächelt ihn einfühlsam an und streicht mit ihrer Hand leicht über seine Locken und dann küsst sie ihn zärtlich auf die Wange. Pierre schaut ihr tief in die Augen. Poppy wird es wieder unheimlich zumute. Was macht sie hier eigentlich? Und doch erwacht in ihr der sehnliche Wunsch, von ihm geküsst zu werden. Pierre nähert sich ihrem Gesicht, nimmt es ganz vorsichtig in beide Hände und küsst sie zart auf den Mund.

Eine Weile sitzen beide noch still nebeneinander, dann steht Poppy auf. Pierre schaut fragend zu ihr auf, springt dann auf und endlich fallen sich beide in die Arme. Der Bann ist gebrochen.

Aber wie soll es weitergehen? Nach Hause fahren ist nicht möglich, dann käme heraus, dass Pierre nicht bei der Klassenexkursion mitgefahren ist.

Also überlegen sie, wo sie beide unterkommen können.

Sie finden ein kleines Hotel an der Küste weiter nördlich von ihrem Ort. Dort beziehen sie ein Zimmer. Zunächst zögern sie noch, fremdeln ein wenig, aber dann küssen und umarmen sie sich immer wieder. Schauen sich an, lächeln und fallen wieder erneut in heftige Umarmungen. Dann nimmt die Natur ihren Lauf und das Liebespaar erlebt seine ersten glücklichen Stunden. Völlig erschöpft schlafen sie in inniger Umarmung ein und wachen selig am nächsten Morgen auf, schauen sich tief in die Augen und können ihr Glück kaum fassen. Aber die Wirklichkeit holt sie ein, denn Pierre verspürt einen riesigen Hunger. Poppy bestellt das Frühstück aufs Zimmer. Es ist das fröhlichste Frühstück, dass beide je erlebt haben.

*

Poppy fährt zurück zum Bungalow um einige Sachen zu holen. Da trifft sie Eliane beim Putzen an. Eliane fragt ein wenig dreist:

„Wo waren Sie denn heute Nacht, Ihr Bett ist gar nicht benutzt?"

„Ach ich habe ein bisschen getrunken und mich dann in der Stadt total verfahren. Sicherheitshalber bin ich dann in einem Hotel abgestiegen."

So ganz gelogen war es ja nicht. Sie war in einem Hotel abgestiegen und verfahren hat sie sich im übertragenen Sinn auch, aber warum muss sie sich eigentlich rechtfertigen?

Sie geht in das Arbeitszimmer, setzt sich an den Laptop und beginnt zu schreiben, aber ihre Gedanken laufen Zick-Zack durch ihren Kopf. Sie möchte und sie möchte nicht. Sie ist voller Sehnsucht, und weiß gleichzeitig, dass sie sich da in was verrennt. Sie denkt an Pierres Fragen:

Wie lange dauert eine Liebe an? Nur ein paar Tage, wie bei Romeo und Julia oder ein paar Wochen, Monate, ein Jahr vielleicht oder ein ganzes Leben?

Ist das Liebe, was sie für Pierre empfindet? Wie lange wird sie dauern?

Als Eliane mit dem Saubermachen fertig ist und fortgeht, packt Poppy schnell ein paar Sachen zusammen und fährt wieder zurück zum Hotel am Meer.

Dort wartet Pierre schon vor der Tür und fragt ängstlich:

„Wo warst du so lange, ich habe mir große Sorgen gemacht?"

„Ja, wenn man liebt, lebt man ständig in Sorge, so ist das!"

Sie gehen wieder auf ihr Zimmer. Poppy verschwindet schnell unter der Dusche und als sie herauskommt, bleibt sie überrascht stehen. Pierre hat ihr Liebeslager rundherum mit Wunderkerzen dekoriert. Pierre sitzt am Kopfende des Bettes.

„Komm schnell zu mir. Lass uns ein Feuerwerk machen," lockt er sie.

Nachdem sie neben ihm auf dem Kopfkissen Platz genommen hat, gibt er ihr ein Feuerzeug und sie entzünden rundherum die Wunderkerzen. Dann sitzen sie da wie staunende Kinder und schauen dem funkelnden, spritzigen Feuerwerk zu.

„Was du für Ideen hast! Du bist einfach wunderbar! Danke! Du schafft es immer wieder mit deinen Fantasien, mich in ein Traumland zu entführen. Aber ich kann auch zaubern und dich in ein orientalisches Märchen geleiten!"

Und sie beginnt das Märchen von dem Schwarzen Prinzen zu erzählen, der zu seiner Auserwählten die wunderschönen Worte sagt:

,Du Traum auf meiner Stirne,

Du Sehnsucht in meinem Herzen,

Du Durst auf meinen Lippen,

komm, dass ich dich beschütze.'

„Noch mal," bittet Pierre, „was hat der Prinz gesagt?"

Poppy wiederholt das Gedicht und dann sprechen sie beide gemeinsam den sehnsuchtsvollen Vers, und löschen ihren Durst auf den Lippen.

Eines Nachts, als sie bei Mondschein am Strand spazieren gehen, kommen sie auf die Idee baden zu gehen, streifen sich ihre Kleider vom Leib und rennen Hand in Hand ins Wasser. Dort schwimmen und toben sie herum, umarmen sich, fallen ins seichte Wasser, das sie mit leichtem Wellenschlag immer wieder überspült.

Auf einmal bemerkt Pierre, wie zwei dunkle Gestalten versuchen, den Strandkiosk aufzubrechen. Pierre springt auf, saust so wie er ist aus dem Wasser und schreit die Typen an, die sofort das Weite suchen. Poppy ist ihm nachgelaufen und hält ihn fest.

„Was willst du, so nackt wie du bist, denn bewirken, mein großer Held?"

„Na, es hat doch auch geklappt."

Bei einem Ausflug über Land spazieren sie Hand in Hand an einem Getreidefeld mit vielen, vielen leuchtend roten Mohnblumen vorbei.

„Poppies sind seit meiner Kindheit meine Lieblingsblumen, daher auch mein Name. Oder war es umgekehrt? Sie haben so ein intensives Rot und sind dabei so zart." Poppy schwärmt und erzählt aus ihrer Kindheit. Pierre ist ihr ein aufmerksamer Zuhörer.

Beide erleben eine Woche voll Glück. Sie sind ein Liebespaar geworden.

*

Zu dem Zeitpunkt, als Pierres Mitschüler von ihrer Exkursion zurückkommen, fahren auch Poppy und Pierre nach ihrer erlebnisreichen Glückswoche wieder zurück in den Ort. Sie haben beschlossen aus ihrer Liebe keinen Hehl, also kein Versteckspiel zu machen. Es wäre sowieso nicht zu verheimlichen.

Pierre beichtet seinen Eltern, wo er die ganze Woche war.

Seine Mutter ist mit der ganzen Sache nicht einverstanden und beklagt sich, aber ihr Mann meint, was Besseres kann dem Jungen doch nicht passieren, als von einer reifen Frau in die Liebe eingeführt zu werden.

Die Folge: Pierre ist in Hochstimmung, aber er vernachlässigt immer mehr die Schule. Seine Gefühle übermannen ihn und lenken ihn ab von dem, was da an Hausaufgaben etc. zu machen wären. Er übergeht all diese Pflichten mit seinem strahlenden Lächeln. Poppy ermuntert ihn, wenigstens an den Schulstunden teilzunehmen, sie müsse schließlich auch arbeiten.

„Die Nachmittage und Abende gehören dann uns," flüstert sie ihm zu.

*

Eliane hat längst mitbekommen, was da oben im Bungalow läuft. Sie ruft Mister Jordan an und erzählt ihm, was sich dort abspielt. Der erwidert erstaunt:

„Es wundert mich, dass man so intolerant ist, besonders in Frankreich. Lassen Sie den beiden doch ihr Vergnügen."

„Und dann haben sie noch Bilder gemalt und überall im Wohnzimmer aufgehängt."

„Na, das ist ja mal `ne gute Idee. Es war dort immer so kahl. Ich werde mich bei Poppy bedanken. So, war's das jetzt, Eliane? Ich muss wieder an die Arbeit."

„Ja, und good bye, Mister Jordan."

„Good bye, Eliane."

Damit ist für ihn das Kapitel abgeschlossen, aber nicht für Eliane. Sie fotografiert heimlich mit ihrem Handy die Manuskripte von Poppy und zeigt sie ihren Freundinnen. Marie ist entsetzt über das, was da über sie zusammen fantasiert wurde und ärgert sich darüber, dass man ihr einen Mord anhängen will, wenn auch nur in einer Geschichte:

„Die Frau spinnt ja total. Die macht mich richtig wütend! Als hätte ich nicht schon Sorgen genug mit Annabelle. Sie isst und trinkt kaum noch was, läuft völlig apathisch umher, hat zu gar nichts mehr Lust. Gestern habe ich ihr Lieblingsgericht gekocht. Sie hat ein paar Bissen davon genommen, ist dann zur Toilette gelaufen und hat alles wieder von sich gegeben."

„Du musst mit ihr zum Arzt. Ich glaube, Annabelle ist krank."

„Ja, weil sie unglücklich in Pierre verliebt ist. Ich bin ganz verzweifelt, und an allem ist nur diese Engländerin schuld."

„Ewig wird sie doch nicht hierbleiben. Wenn der Krimi fertig ist, wird sie wieder zurück nach London fahren," tröstet Eliane ihre Freundin.

*

An einem schönen Morgen, als Poppy in den Pool steigen will, schwimmen hunderte Poppies (Mohnblüten) auf der Oberfläche. Der Swimmingpool sieht ganz rot aus. Einen Brief von Pierre findet Poppy mit den Worten:

‚Steig in den Pool, und wenn du wieder heraus kommst, bist du ganz und gar

bekleidet mit deinen Lieblingsblumen. Du trägst dann ein hautenges Kleid aus liebesroten Blüten, die an dir kleben.

With Love Pierre

P.S. Die Restblüten fische ich nachher wieder raus.'

Wann hat er das nur gemacht? Poppy ist überrascht und vor Freude ganz außer sich. Pierres Verliebtheit überschwemmt sie mit einer Welle von Glücksgefühlen. Solche liebevollen Überraschungen hat sie noch nie erlebt. Sie spürt, dass sie eine Macht am Wickel hat, gegen die sie sich nicht wehren kann und auch nicht will. Sie lässt sie gewähren. Ist es Liebe?

Den ganzen Morgen wartet Poppy im Bett auf ihren Pierre. Sie ist voller Sehnsucht und das Warten wird ihr unerträglich. Ihre Sehnsucht wächst ins Unermessliche.

Als Pierre endlich nach der Schule zu ihr kommt, verführt sie ihn ohne zu zögern. Ein Liebesakt, der sehr heftig ist. Pierre schaut sie danach fragend an. Plötzlich fängt Poppy an zu weinen.

„Das haben ich nicht gewollt. Das war purer Egoismus. Ich war so voller Sehnsucht nach dir, das lange Warten hat mich ganz verrückt gemacht. Entschuldige bitte, das hat nichts mit unserer Liebe zu tun," gesteht sie unter Schluchzen. Pierre nimmt sie liebevoll in die Arme, tröstet sie wie ein kleines

Kind und danach ist wieder alles gut zwischen ihnen.

*

Im Dorf wird immer mehr gemunkelt. Die Äußerungen und Gerüchte über die Engländerin werden von Tag zu Tag negativer, und dafür sorgt Eliane.

Sie zeigt auch der Fischersfrau Julie, was sie mit ihrem Handy aufgenommen hat. Es ist die Mordgeschichte, die Poppy über sie geschrieben hat. Julie ist entsetzt und schwört Rache.

Eliane trommelt daraufhin die betroffenen Damen zu einem Kaffeekränzchen zusammen: Julie, die Metzgersfrau Louise und die Friseurin Marie. Sie überlegen gemeinsam, wie man die Unruhestifterin loswerden könne. Sie schmieden ein Komplott und werden zu Rachegöttinnen. Sie überlegen hin und her, wie und wo man der Verhassten beikommen könne.

Als erstes beschließen sie der ‚Hure‘ zu viert einen Besuch abzustatten und sie aufzufordern den Ort zu verlassen.

Eines Morgens, Pierre ist in der Schule, ziehen die vier Gerechten durch das Wäldchen den Berg hinauf zum Bungalow. Eliane schließt das Tor auf und sie betreten, ohne sich weiter bemerkbar zu machen, das Wohnzimmer und bauen sich dort wie ein Mahnmal auf. Poppy hat die Vier von ihrem Fenster aus kommen sehen und steigt die Treppe herunter. Aber nicht ganz, sie bleibt auf der vorletzten Stufe stehen, um besser Abstand zu haben. Sie ahnt was, und will über dem stehen, was da kommen wird. Sie lehnt sich leicht an das Geländer, schaut erstaunt auf die Damen herunter und fragt:

„Welch unerwarteter Besuch. Was wünschen Sie denn, meine Damen?"

Die Metzgersfrau Louise ergreift das Wort:

„Wir wollen wissen, wann gehen Sie wieder zurück nach London?"

„Wenn ich mit meinem Krimi fertig bin."

Auf einmal schreit die Friseurin Marie wie eine Furie los:

„Hauen Sie doch endlich ab."

„Was ist denn los? Was habe ich Ihnen getan?"

„Sie bringen nur Unruhe und schlechte Sitten in unseren Ort, wir wollen das nicht mehr," fügt sie noch hinzu und die Fischerin kreischt:

„Eine Sauerei ist das, dass Sie mir einen Mord und noch einen dicken Busen anhängen."

„Wie bitte, wie kommen Sie denn darauf? Und woher kennen Sie diesen Text?"

Poppy muss lachen, aber dann kommt ihr in den Sinn, das Eliane dahinterstecken könnte und sie spricht sie direkt an:

„Eliane, was haben Sie gemacht? Haben Sie in meinen Arbeitsblättern herumspioniert? Das geht aber nicht. Das sind nur Entwürfe, sogenannte Plots. Daraus sollen erst die Geschichten entstehen."

„Aber wir wollen solche Geschichten nicht bei uns. Erst fragen Sie uns aus, schnüffeln überall herum und dann dichten Sie ungeheuerliche Sachen zusammen. Gehen Sie endlich nach Hause, sonst passiert noch was!"

„Sie drohen mir? Was soll denn das? Bitte gehen Sie, verlassen Sie das Haus."

„Es ist aber nicht Ihr Haus!" kontert Eliane frech.

Dann ziehen die Vier unter weiteren Empörungen ab. Poppy setzt sich auf die unterste Stufe der

Treppe und überlegt, was sie jetzt tun soll: ‚Zunächst werde ich ein Vorhängeschloss kaufen, damit diese Eliane nicht wieder hier unverhofft rumschnüffeln kann.'

Dann versucht sie zu analysieren.

Die Metzgersfrau Louise fürchtet, ihren Sohn zu verlieren, die Friseurin Marie hat Angst um ihre magersüchtige Tochter, die aussichtslos in Pierre vernarrt ist. Eliane mag sie sowieso nicht und die Fischersfrau Julie ist eine, von der Natur zu kurz gekommene, bösartige Hexe. Diese vier Biester gönnen uns das Glück nicht. ‚Wie kann man sich nur so aufführen? Das ist kaum zu fassen', denkt Poppy.

Sie überlegt weiter, dass sie Pierre nichts davon erzählen wird. Schließlich war seine Mutter auch eine der Rachegöttinnen. Poppy ist immer noch ganz aufgeregt, als Pierre sich per Telefon meldet und ihr mitteilt, dass er seinen Vater wieder zur Jagd begleiten wird und deshalb am Abend nicht kommen kann. Es täte ihm leid, aber Morgen wäre er wieder bei ihr.

Das passt ja wunderbar zusammen, denkt Poppy und überlegt, ob sich das Blatt gewendet hat.

Aber nein, die Sonne des Glücks scheint noch über den beiden, obwohl es während einer

Schlechtwetterphase tagelang regnet. Poppy lässt sich davon nicht entmutigen. Durch die Liebe und das Glück mit Pierre ist sie ständig heiter gestimmt und denkt an die alte Volksweisheit:

,Lass regnen wenn es regnen will,

dem Wetter seinen Lauf,

und wenn's genug geregnet hat

dann hört's von selber auf.'

Anstatt sich aufzuregen zündet sie im Wohnzimmer, ihrer persönlichen Galerie, den Kamin an, legt viele Kissen davor. Als Pierre kommt, erzählt sie ihm Geschichten, die sie sich selbst ausgedacht hat.

Auf einmal fragt Pierre:

„Poppy, ich habe schon lange große Angst dich zu fragen." Er zögert.

„Wann musst du wieder nach London?"

„Du denkst an deine Frage: ,Wie lange dauert eine Liebe?' Nicht wahr? Und ich weiß es nicht. Nicht wie lange unsere Liebe dauert und wie lange ich noch hierbleiben kann."

„Könnten wir nicht zusammen von hier weggehen? Ich träume schon lange von einer Weltreise mit dir. Stell dir vor, wir fahren einfach drauflos, und wo es uns gefällt, dort bleiben wir solange wie wir wollen. Was meinst du dazu? Kommst du mit?"

„Ach, mein über alles geliebter Pierre, das ist ein Traum. Ein schöner Traum. Aber eben nur ein Traum."

„Träume muss man sich erfüllen, sonst erstickt man daran, hast du einmal gesagt."

In den nächsten Tagen arbeitet Pierre an einer „tour du monde". Er möchte mit Poppy die Welt erobern. Statt seine Schularbeiten zu machen, bastelt er an Routen durch die Schweiz, Italien, Griechenland, Ägypten, Indien und weiter. Er besorgt sich in der Stadt Landkarten und Prospekte und lässt sich im Reisebüro beraten.

Während Pierre weltumspannende Pläne schmiedet, bemerkt Poppy, dass die Sorglosigkeit in ihrer Liebe so langsam schwindet. Plötzlich treten so unrealistische Pläne, wie eine Weltreise, zutage.

Dann machen ihr die Drohung der vier Nornen doch zu schaffen. Ist alles vorbei? fragt sich Poppy.

Soll ich, bevor es noch tragisch wird, unsere Beziehung beenden? Die vielen Zärtlichkeiten aufgeben, unsere guten Gespräche missen, der gemeinsamen Fröhlichkeit entsagen und auf die liebevollen Gesten verzichten? Beide haben sie doch eine überaus glückliche Zeit erlebt. Sie gesteht sich ein, dass sie ihren Pierre doch mehr als nur liebgewonnen hat. Dass es Liebe ist, die sie für ihn empfindet. Und sie schreibt in ihren Laptop:

Ich weiß nicht, wie lange dieses Glück anhalten wird, aber eins weiß ich bestimmt:

ICH BIN GLÜCKLICH!

Richtiger

WIR SIND GLÜCKLICH!

Pierres Eltern erhalten von der Schule einen Brief, aus dem sie erfahren, dass sich Pierres Noten verschlechtert hätten, dass er häufig fehlt, die Exkursion ohne Entschuldigung geschwänzt hat und dass dadurch sein Baccalauréat in Gefahr sei.

Nun kommt es zu ernsthaften Vorwürfen von Seiten der Eltern, die Pierre aber alle von sich weist. Er liebt, und sonst gibt es nichts anderes für ihn.

Dann findet seine Mutter beim Aufräumen in seinem Zimmer die vielen Prospekte und einen ausgearbeiteten Reiseplan. Angst und Schrecken überfallen sie. Sie glaubt, dass die beiden Verliebten im Begriff sind zu fliehen. Schnell trommelt sie ihre drei Freundinnen zusammen, um mit ihnen zu besprechen, was jetzt getan werden muss. Nun ist es allen Vieren klar, jetzt müssen sie handeln, bevor die beiden wirklich auf eine Weltreise gehen und auf Nimmerwiedersehen verschwinden.

„Pierres Zukunft steht auf dem Spiel," meint seine Mutter und ist ernsthaft besorgt.

„Die Fremde muss weg," ist das Motto der vier wütenden Weiber. Sie überlegen viele Möglichkeiten bis hin zum Mord.

„Wenn wir das zu viert machen, dann kann man uns auch nur zu einem Viertel belangen, falls es rauskommen sollte," meint Eliane.

Sie zermartern sich ihre Köpfe.

„Wir müssen uns einen raffinierten Plan ausdenken."

„Wir könnten eine Bootsfahrt mit der Engländerin machen und schmeißen sie weit draußen einfach über Bord, so wie sie es selbst geschrieben hat," schlägt Julie vor.

Aber Louise gibt zu bedenken.

„Das fällt im Ort auf, wenn wir zu fünft rausfahren und nur zu viert zurückkehren. Da gäbe es Nachforschungen. Nein, das geht auf gar keinen Fall. Und es ist ebenfalls unsicher, ob nicht eines Tages die Leiche angeschwemmt wird."

Eliane meint, Gift wäre auch eine Möglichkeit.

Auch da widerspricht Louise,

„Wohin mit der Leiche?"

„Das Meer wäre zwar ideal, es muss nur an einer Stelle sein, wo es so tief ist, dass der Körper nicht wiederauftauchen kann. Die Person muss total im Wasser verschwinden," sagt die Julie,

„Also für immer unsichtbar bleiben."

Aber keiner weiß wie und wo, und niemand will eine Mörderin sein. Nach langem Hin und Her, gehen sie erst mal wieder auseinander und jeder grübelt für sich weiter.

Um noch mehr Öl ins Feuer zu gießen, schleicht sich Eliane am Sonntagmorgen in den Bungalow, um das Liebespaar zu überraschen. Und tatsächlich entdeckt sie die beiden friedlich Schlafenden mit ineinander verschränkten Händen. Ein durchaus liebliches Bild – aber nicht für Eliane. Schnell macht sie ein Foto mit dem Handy und schleicht sich wieder aus dem Bungalow. Bereits auf dem Weg hinunter in den Ort, sendet sie das Foto ihren verschworenen Freundinnen. Und alle sind entsetzt.

Dann hat Julie eine Idee ausgebrütet, wie sie sich alle nicht die Finger schmutzig machen müssen. Sie schlägt vor, ein altes, schweres Fischernetz aus Hanf, das sie noch im Schuppen hat, zu nehmen. Es an der großen Kiefer an der Steilküste aufzuhängen. Genau an der Abbruchstelle, wo sich Pierre und Poppy immer treffen.

„Wir verstecken das Netz in den Ästen. Wenn die Engländerin dort sitzt und auf Pierre wartet, dann lösen wir das Netz und die Person wird vom

Schwung und von der Wucht des Netzes in den Abgrund geschleudert.

Besonders leise muss man auch nicht sein, weil die Brandung laut genug ist. Wir brauchen nur dem Netz einen ordentlichen Schwung zu geben und es wird die Person von der Klippe fegen."

Sie setzt noch gerissen hinzu:

„Und wir waren es nicht. Es war nur das Netz, also der Schwung oder wenn ihr wollt, die Physik."

„Und die Engländerin wird nicht mal wissen was ihr da passiert."

„Und schon ist sie weg."

Kein schlechter Vorschlag! Meint Eliane.

„Und wenn uns einer sieht?"

„Da oben sind sehr selten Leute und die Saison hat ja noch nicht begonnen. Ja, und weiter?"

„Also bringen wir erst mal das Netz zur Kiefer, verstauen es in den Zweigen und warten dann auf einen günstigen Zeitpunkt."

„Aber was machen wir mit ihren Sachen?"

„Verbrennen!"

„Wie willst du einen Oldtimer verbrennen?"

„Ja, das hinterlässt Spuren und viele Fragen."

„Da habe ich eine Lösung. Wir buchen jemanden, der den Wagen, den wir vorher mit den Sachen der Engländerin bepackt haben, nach London zurückbringt. Wenn der Wagen weg ist, dann sucht ihn hier auch keiner."

Es müsste eine Frau sein," schlägt Eliane vor.

„Ich kenne da eine Taxifahrerin in der Stadt, die könnten wir buchen."

„Und wir sagen ihr, dass die Besitzerin des Autos eine Segeltour gebucht hat, und vom Zielhafen aus mit dem Flugzeug wieder zurück nach London fliegen will."

„Das ist genial" ruft Julie aus und tanzt herum.

„Wir dürfen nur keine Zeit mehr verlieren. Wir müssen ab jetzt die Engländerin stündlich beobachten, wann sie zu den Klippen geht."

„Und wir müssen absolut dichthalten, auch nachher noch. Keine von uns darf je darüber sprechen. Schwört Ihr das?" fragt Louise.

Sie schwören!

*

Pierre trifft Poppy, bevor er mit seinem Vater, wie verabredet, zur Großschlachterei fährt, und übergibt ihr die Ausarbeitung mit seinen hochfliegenden Gedanken über ihre gemeinsame Weltreise. Poppy lächelt über seine Ideen, die weit entfernt von jeder Realität sind. Aber das ist das Recht der Jugend, so zu träumen.

Sie liest seine mit viel Fantasie zusammen-gestellten Reiseideen. Es sind Zeilen, die ihr sehr zu Herzen gehen. Ach, wie wäre es doch schön! Ach, könnte man doch alles hinter sich lassen. Mit dem geliebten Pierre durch die Welt reisen. Abenteuer erleben, die es zuhause nicht gibt.

Ach, wäre das schön!

So fantasiert Poppy eine Weile vor sich hin.

Aber es geht nicht!

Poppy reißt sich zusammen. Es ist ihr plötzlich klar, dass sie schnell handeln muss. Sie packt ihre Sachen in Windeseile zusammen und lädt alles ins Auto. Ihren angefangenen Krimi kann sie auch in London weiterschreiben. Sie muss hier sofort weg. Sie muss ihrem geliebten Pierre weh tun, auch wegen der Aussichtslosigkeit seiner Träume.

Als alles im Auto verstaut ist, nimmt sie sich noch die Zeit, um Abschied von ihrer beider Lieblingsstelle an den Klippen zu nehmen. Sie setzt sich an die Abbruchstelle, vor der ihr schon lange nicht mehr bange ist, liest wieder und wieder Pierres Aufzeichnungen und träumt sich in Situationen hinein, die es aber nie geben wird. Das Meer rauscht unter ihr, die Wellen klatschen an die Felsen, der Himmel ist zartblau, nur in der Ferne ziehen große Wolkengebirge heran.

Es ist, nein es <u>war</u> wunderschön hier.

Wie lange dauert eine Liebe? Hat Pierre gefragt. Jetzt weiß sie die Antwort und die tut sehr weh – ihr jetzt und ihm später.

*

Die vier Rachefrauen haben genau beobachtet, dass Poppy zu den Klippen aufgebrochen ist. Sie fahren mit dem Auto zum Parkplatz an der Abbruchstelle, schleichen sich zur Kiefer, lösen das Fischernetz aus den Zweigen und lassen es mit einem kräftigen Schwung heruntersausen. Es trifft die ahnungslose Poppy, die durch den heftigen Schubs von der Kante ins Meer heruntergeschleudert wird.

Ein gellender Schrei ist zu hören und dann verschwindet ihr Körper in den tobenden Wassermassen. Der Brief mit den Reiseplänen, den sie in Händen hielt, flattert hinterdrein wirbelt durch den Wind noch einmal in die Höhe und schaukelt dann auf den Wellen.

Die vier Rachegöttinnen packen eilig das Fischernetz zusammen und bringen es zum geparkten Auto, mit dem Julie sofort losfährt, um die vorbestellte Taxifahrerin abzuholen. Die anderen Drei eilen zum Bungalow. Und wollen, wie geplant, die Sachen von Poppy zusammenpacken. Sie erschrecken und staunen, als sie den bereits gepackten Wagen vor der Garage sehen. Sie laufen durchs ganze Haus. Alles ist aufgeräumt, da sagt Louise;

„Sie wollte weg."

„Nein, sie wollten weg. Beide wollten fliehen. Wir waren noch gerade rechtzeitig, um das zu verhindern," ergänzt Eliane.

Dann kommt auch schon Julie mit der Taxifahrerin.

Man gibt der jungen Frau die Adresse, wo sie das Auto hinbringen muss und erklärt ihr noch, wie vorher ausgemacht, dass die Besitzerin des Autos eine Segeltour an der Portugiesischen Küste entlang macht und dann von Lissabon aus per Flugzeug wieder nach London fliegen will. Daher müsse der MG zu ihrer Hausadresse überführt werden. Der Fahrerin geben sie noch ausreichend Geld für die Reise und die Rückfahrkarte, dann braust sie auch schon mit Geknatter los durch den Ort in Richtung England.

Die vier Verschworenen setzten sich völlig erschöpft in die Korbstühle auf der Terrasse. Jede schweigt vor sich hin. Eliane findet als Erste wieder die Worte:

„Es war doch richtig, was wir gemacht haben. Was wäre sonst wohl noch alles passiert, nicht auszudenken."

*

Als Pierre mit seinem Vater von der Großschlachterei zurückfährt, beginnt der Vater doch ein ernsthaftes Gespräch mit seinem Sohn.

„Pierre, sei vernünftig, denk an deine Zukunft und an deine Aufgaben in der Schule. Ich habe sonst Angst, dass du dir deine Zukunft verbaust."

Pierre erwidert:

"Papa, soll ich meine große Liebe gegen irgendeine Vernunft, von der du sprichst, eintauschen? Wann hat man so ein Glück, wie ich es jetzt erlebe?"

Und nach einer Weile fügt er noch hinzu:

„Wenn es mal vorbei sein sollte, dann habe ich eine wunderbare Zeit erlebt, die ich nie missen möchte. Willst du mir das verbieten oder wegnehmen? Wie war es denn, als du so jung warst wie ich?"

Der Vater nickt nachdenklich und sie einigen sich, dass Pierre das Bac eventuell auch noch ein Jahr später machen kann. Pierre hilft seinem Vater beim Ausladen der Schweine- und Kalbshälften, zieht sich dann um und läuft hinauf zum Bungalow.

Er betritt das Haus und findet es leer. Er ruft ihren Namen. Zunächst glaubt er noch, sie habe sich versteckt und schaut in jeden Winkel und auch in die Schränke. Dort sind keiner Kleider mehr. Pierre erschrickt. Er rennt in die Garage und sieht, dass auch der Wagen weg ist.

Hat Poppy ihn verlassen?

Er kauert sich hin und zittert am ganzen Körper. Dann wieder hofft er, dass sie mit ihm nur ein Spiel macht und rennt zu ihrem Lieblingsplatz an der Steilküste. Er glaubt, dass sie dort auf ihn wartet und sie vielleicht zusammen nach England fahren würden oder doch schon auf ihre gemeinsame Weltreise gehen könnten. An den Klippen angekommen, ruft er ihren Namen, dann schreit er wie ein weidwund getroffenes Tier in die Nacht hinaus immer wieder ihren Namen.

„Poppy, Poppy!"

*

Zuhause macht sich seine Mutter große Sorgen, es ist schon spät, sie hat Angst, da Pierre noch immer nicht zurückgekommen ist, er könne sich was antun. Sie sagt zu ihrem Mann:

„Ich glaube, seine Engländerin hat ihn verlassen. Heute Nachmittag ist der Wagen durch den Ort gefahren."

Sie fleht ihren Mann unter Tränen an, nach Pierre zu suchen. Er muss entweder am Bungalow oder an der Steilküste sein, wo sein Lieblingsplatz ist.

„Bitte, bring ihn heim."

Der Vater findet Pierre tatsächlich an seiner Lieblingsstelle und nimmt ihn mit nach Hause. Er versucht seinen Sohn zu trösten, indem er ihn an seine eigenen Worte erinnert:

„Du hast gesagt, wenn es mal vorbei sein sollte, dann hättest du ein wunderbares Glück erlebt, dass du nie missen möchtest. Denke zurück an die schönen Stunden, die du mit ihr erlebt hast. Es war deine erste große Liebe, die du sicher nie vergessen wirst, aber sie ist jetzt zu Ende, auch wenn du es noch nicht wahrhaben willst."

„Aber warum hat sie mir nichts davon gesagt?"

„Weil es so für euch beide besser ist!"

Pierre erlebt zum ersten Mal in seinem jungen Leben eine große und tiefe Enttäuschung. Er wird sehr schweigsam und ist in sich gekehrt, geht stumpf seinen Pflichten nach. Nach diesem Erlebnis ist er sehr ernst geworden. Später hat er tatsächlich doch noch sein Bac geschafft und kann, wie geplant, seine Ausbildung zum Winzer beginnen.

*

Das Auto hat die Fahrerin an der angegebenen Adresse bei der Mutter von Poppy in London abgegeben, dann ist sie wieder zurück nach Frankreich gefahren, ihre Mission ist erfüllt.

Die Mutter von Poppy ruft sofort den Verleger an, der sie schon mehrmals besorgt kontaktiert hatte. Er kommt, um in Poppys Laptop nach dem Krimi-Manuskript zu suchen. Als er ihre Geschichten und alle Notizen gelesen hat, ist er zwar nachdenklich, aber auch zuversichtlich und sagt aufmunternd zu Poppys Mutter:

„Ihre letzten Worte im Computer sind:

Ich weiß nicht, wie lange unsere Liebe anhalten wird, aber eins weiß ich bestimmt:

ICH BIN GLÜCKLICH!

Richtiger

WIR SIND GLÜCKLICH!"

„Nein, nein so geht das nicht, das ist zu traurig. Sie können doch die sympathische Hauptfigur nicht opfern," sagt man mir, nachdem ich das Manuskript abgegeben habe.

Ich verteidige mich:

„Die Story ist doch äußerst raffiniert gebaut, denn niemand, außer den vier Rachegöttinnen, weiß, dass Poppy tot ist. Wenn die vier Mörderinnen dichthalten, dann handelt es sich um einen fast perfekten Mord.

Poppys Mutter und der Verleger meinen, Poppy sei auf einer Segeltour.

Pierre glaubt, Poppy hätte ihn verlassen.

Sie alle denken, dass Poppy noch lebt."

„O.K. Sie haben ja recht. Aber trotzdem, ich schlage vor, dass Sie noch einen zweiten Schluss anfügen. Einen etwas versöhnlicheren. Wären Sie damit einverstanden?"

„Ich will's versuchen," antworte ich und mache mich wieder auf zu meinem Laptop.

*

Poppy erhebt sich langsam von der Abbruchkante. In dem Moment saust etwas großes Graues auf sie herunter, faltet sich auf, packt sie, umschlingt ihren Körper und reißt sie in die Tiefe. Sie stößt einen Entsetzensschrei aus. Will sich von dem, was sie rundherum fesselt, befreien.

Das gesamte Netz hat sich von der Kiefer gelöst, im Fallen ausgebreitet und so Poppy eingefangen. Im Sturz schwingt und fächert sich das Netz noch weiter auf und bleibt mit einem Zipfel ruckartig an einer Felsnase hängen. Im unteren Teil des Netzes ist Poppy total verstrickt und wird durch das plötzliche Stocken gegen die Felswand geschleudert. Sie verliert die Besinnung. Sie schwingt im Netz über den tosenden Wellen wie in einer Art Hängematte. Poppy kommt wieder zu sich und denkt nach. Sie ist durch Etwas gestürzt aber gleichzeitig auch darin aufgefangen. Das Etwas ist ein grobes Fischernetz. Aber woher kam es?

Wie kommt sie hier nur wieder weg. Aus dem Netz kann sie sich nicht befreien, dann würde sie tief nach unten ins Wasser stürzen. Hoffentlich hält die Netzkante an der Felsnase. Sie muss sich ganz ruhig verhalten, höchsten rufen kann sie. Aber ob sie jemand hört bei der Brandung? Sie kommt zu dem Schluss, dass sie hier so lange ausharren muss, bis Pierre kommt und sie erlöst. Er wird kommen, da ist sie sich ganz sicher. Angstvolle Stunden folgen, in denen Poppy über ihr Leben nachdenkt und sich immer wieder ihren Pierre herbeisehnt. Es ist ein ganz anderes Sehnen als vor ein paar Tagen.

*

Die vier Rachegöttinnen sind erschrocken, dass sich das ganze riesige Netz von der Kiefer gelöst hat und mit in die Tiefe gestürzt ist. Aber darum können sie sich jetzt nicht kümmern. Wie geplant fährt Julie mit dem Auto los, um die vorbestellte Taxifahrerin abzuholen, und die anderen Drei laufen eiligst zum Bungalow, um den Wagen zu packen. Der steht aber schon gepackt vor der Garage. Sie sind ebenso erstaunt wie überrascht. Was geht hier vor?

Sie sind alle der Meinung, das Auto steht fahrbereit für die geplante Weltreise. Sie haben die Flucht gerade noch verhindern können.

Nachdem Julie mit der Taxifahrerin ange-kommen ist, erklären sie der Fahrerin, wie besprochen, wo das Auto hingebracht werden muss, und dass sich die Besitzerin des Wagens auf einer Segeltour nach Portugal befindet und von Lissabon zurückfliegen wird. Mit diesen Erklärungen und außerdem gut bezahlt braust die Taxifahrerin mit Geknatter durch den Ort in Richtung England davon.

*

Als Pierre und sein Vater vom Schlachthof zurückkommen, zieht sich Pierre schnell um, und bittet den Vater, ob er nicht den Wagen haben könnte, es sei schon so spät. Er darf. Und Pierre fährt hoch zum Bungalow. Poppy ist nicht da und auch der Wagen ist weg. Er überlegt, sie würde ihn doch niemals verlassen. Vielleicht wartet sie an den Klippen, denkt er und fährt schnell dort hin. Aber auch da ist nichts von Poppy zu sehen. Tief betrübt setzt er sich an die Abbruchkante. Dann schreit er verzweifelt ihren Namen in die Weite hinaus, immer wieder ihren Namen.

„Poppy, Poppy!"

Und hört – er glaubt es kaum – aus der Tiefe einen jammervollen Hilferuf. Er legt sich auf den Bauch, starrt an den Felswänden hinunter und entdeckt im Dämmerlicht ein Fischernetz, das an einem Felsvorsprung pendelt. Er ruft und Poppy antwortet ihm.

„Ich komme und hole dich," schreit er, dann springt er auf, rennt zum Wagen. Im Kofferraum sind ein Abschleppseil und noch ein weiteres dickes Tau. Er nimmt beide mit zur Kiefer. Befestigt das Abschleppseil um den Stamm des Baumes und ver-längert das Seil indem er das Tau mit einem Segler-knoten daran festmacht. Dann seilt er sich langsam an der Felswand hinunter.

„Halt durch, ich komme, Poppy." ruft er ihr immer wieder zu.

Als er den Felsvorsprung erreicht hat, stellt er fest, dass er Poppy aus dem Netz nicht befreien kann, ohne Gefahr zu laufen, dass sie ins Wasser stürzt.

„Ich muss dich so eingewickelt wie du bist nach oben hieven."

Er greift Poppy unter die Arme, wickelt das Seil ein paar Mal um sie herum und knotet es fest.

Mit seinem scharfen Taschenmesser trennt er das überstehende Netz ab. Es wäre zu schwer mit hoch-zuholen. Er prüft noch mal, ob Poppy sicher ver-packt ist. Sie baumelt wie eine eingehüllte Mumie am Seilende. Pierre hangelt sich vorsichtig Hand um Hand wieder nach oben. Dort angekommen zieht er mit aller Kraft das Poppy-Paket Zug um

Zug hoch. Eine übermenschliche Kraft wächst in ihm. Dann, als es endlich geschafft und Poppy wieder auf sicherem Boden ist, bleiben beide erschöpft im Gras liegen. Poppy betet still vor sich hin und ist dankbar, dass Pierre ihr als Retter geschickt wurde. Nach einer Weile rappelt Pierre sich als erster wieder auf und sagt zu Poppy:

„Ich bringe dich nach Hause, ich bin mit dem Wagen von meinem Vater da. Kannst Du aufstehen?"

„Nein ich bin noch ganz eingesponnen".

Pierre nimmt sein Messer und schneidet alles weg, was nicht Poppy ist.

Halb trägt er sie, halb hängt sie an seinem Arm, so erreichen sie das Auto. Vorsichtig legt Pierre seine Poppy auf den Sitz. Dann holt er die Seile und Reste vom Netz und verstaut alles im Kofferraum. Als er sich hinter das Steuer setzt, bemerkt er, dass Poppy stark zittert.

„Ich bringe dich lieber ins Kranken-haus."

Poppy wird von einem heftigen Schüttelfrost überfallen. Es ist die Reaktion auf die Erschöpfung.

In der Ambulanz wird sie zunächst notversorgt, aber dann meint der behandelnde Arzt, dass es besser wäre, wenn sie zur Beobachtung über Nacht im Krankenhaus bliebe. Sie bekommt noch eine Beruhigungsspritze und schläft bald ein. Pierre fährt völlig erschöpft nach Hause.

Als er spät in der Nacht das Auto im Hof abstellt, kommt seine Mutter aufgeregt aus dem Haus gelaufen und umarmt ihren Sohn, um den sie so große Angst ausgestanden hat, weil sie befürchtet hat, dass Pierre sich was angetan hätte. Aber Pierre löst sich aus ihrer Umarmung, er will nur noch allein sein, und nachdenken über das, was da passiert ist.

Am nächsten Tag bevor Pierre Poppy vom Krankenhaus abholt, informiert er die Polizei. Dann bringt er Poppy zum Bungalow. Sie ist höchst überrascht, dass ihr Auto nicht mehr da ist. Als die Polizei bei ihr erscheint, macht sie Meldung, dass ihr Auto gestohlen sei.

Mit dem herbeigerufenen Kommissar besichtigt Pierre die Unfallstelle an den Klippen. Die Netzreste sind noch gut zu erkennen und die übrigen Teile holt Pierre aus dem Kofferraum, die sogleich als Beweisstücke beschlagnahmt werden.

Er wird befragt, wieso er dort an der Stelle war, ob es Zufall gewesen sei. Pierre erklärt den Sachverhalt. Bei Poppys späterer Befragung kann auch sie keine Angaben über den Hergang machen, wie es zu dem Absturz gekommen ist, und woher das Netz gekommen sei.

Das alte Netz ist das einzige Indiz und es wird anhand einer alten Glaskugel, die sich noch an einer Stelle erhalten hat, durch einen Fischer identifiziert.

„War das nicht früher mal dein Netz, Francois."

Francois schaut sich genau an, was ihm die Polizei vorlegt und bestätigt, dass es sein Netz gewesen sein könnte, aber es sei schon lange nicht mehr in Gebrauch und lagere im Schuppen hinterm Haus. Heutzutage habe man ganz andere Netze aus Nylon. Der Kommissar ordnet eine Durchsuchung des Schuppens an. Ein Netz ist nicht mehr zu finden. Julie wird es angst und bange. Dann behauptet sie geistesgegenwärtig, dass sie das alte Netz vor kurzem an einen Trödler verkauft habe.

„Haben Sie eine Quittung?"

„Von einem Trödler? Nein."

Der Kommissar befragt im Ort alle Leute, um den Fall aufzuklären und auch, ob jemand den auffallenden Wagen gesehen habe.

„Ja, der ist gestern durch den Ort gebraust," sagt ein Junge.

„Wann war das?"

„Nachmittags, na, vielleicht so um vier Uhr."

„Konntest du sehen, wer drin saß?"

„Na, die Engländerin, denk ich."

„Das kann aber nicht sein, denn die Engländerin ist ja noch hier."

„Eine Frau war es auf jeden Fall."

Es herrscht große Aufregung im ganzen Ort. Poppy zieht sich von der aufgebrachten Menge zurück, geht hinauf zum Bungalow und ruft von dort ihre Mutter in London an.

„Hallo, Poppy! Soeben hat eine Französin deinen Wagen abgeliefert. Wo bist du denn? Schon in Lissabon? Wann kommst du zurück?"

„Bald Mum, ich rufe dich wieder an."

Poppy stutzt und setzt sich erst einmal hin um nachzudenken. Wieso ist ihr Wagen in London?

Eine Ahnung beschleicht sie, wer dahinterstecken könnte und wer sie in Jenseits befördern wollte.

Wie raffiniert ist denn das, denkt Poppy. Sie äußert aber ihren Verdacht nicht. Sie weiß nur eins, sie muss hier sobald wie möglich weg.

Sie zieht die Anzeige zurück und will auch nicht, dass weiter ermittelt wird, denn schlussendlich sei ja keiner wirklich zu Schaden gekommen und ihr Auto sei auch in London wieder aufgetaucht. Der Kommissar ist damit zwar nicht einverstanden, hatte er doch endlich mal einen interessanten Fall. Aber er stimmt Poppy zu, es sei wirklich kein großer Schaden entstanden.

Am Abend spricht Poppy sehr ernst mit Pierre und erklärt ihm, dass sie auf keinen Fall hierbleiben kann. Wer weiß, was sonst noch alles passiert. Sie muss sofort nach London zurück.

„Mein lieber Pierre, wir müssen uns jetzt trennen, aber nicht für lange. Wenn du deine Abschlussprüfung geschafft hast, dann komm zu mir nach London. Von dort aus können wir unsere Weltreise weiter planen. Wir müssen jetzt beweisen, ob unsere Liebe die Trennung überstehen wird. Schaffst Du das?"

Pierre fällt ihr todtraurig in die Arme, aber er sieht ein, dass seine geliebte Poppy in Gefahr ist. Und er willigt unter Tränen ein.

Am nächsten Tag bringt er Poppy mit dem Auto seines Vaters zur Bahn. Ein herz-zerreißender Abschied folgt, und schon bald trägt der TGV mit großer Geschwindigkeit seine Poppy davon.

Pierre ist nicht nur traurig, er kann das Ganze nicht versehen. Er will Aufklärung.

Zuhause beschwört ihn seine Mutter, nicht weiter in der Sache herumzustochern. Und auch Poppy, die ihn nach ihrer Ankunft in London sofort anruft, rät ihm dringend, nicht mehr weiter die Aufklärung zu verfolgen.

Sie hat von ihrer Mutter erfahren, dass die Französin bei einer Tasse Tee, die sie ihr angeboten hat, erzählte, dass vier Frauen sie beauftragt hätten, den Wagen zu überführen. Nun war alles klar, aber davon erzählt Poppy niemanden jemals etwas, schließlich ist ja auch nichts passiert!

Pierre kniet sich von nun an intensiv in seine Aufgaben und holt das nach, was er vernachlässigt hatte. Und jeden Abend gibt es ein Liebesgeflüster

per Handy oder Liebesmails auf dem PC, dadurch wird ihm die Zeit nicht zu lang.

Poppy hat ihren Krimi „Die Monsterwelle" beendet und ihrem Verleger mitgeteilt, dass sei ihr letzter gewesen, und dass sie ab jetzt nur noch interessante Reiseberichte verbunden mit Liebesgeschichten schreiben würde.

Sie schließt mit einem Zeitschriftenverlag einen neuen Vertrag ab, der ihr das neue Projekt: ‚Reiseberichte garniert mit vielen kleinen Liebesgeschichten' abkauft und monatlich als Serie in einem Journal abdrucken will.

Am Tag nach seiner bestandenen Prüfung fährt Pierre mit dem Zug nach London. Poppy holt ihn am Bahnhof ab. Wo sie sich endlich wieder in die Arme fallen und eine Ewigkeit auf dem Perron stehen bleiben.

Als sie in Poppys Haus ankommen, ist wie zu erwarten von der Mutter schon der Tee bereitet. Danach gehen Poppy und Pierre daran, die bereits am Telefon diskutierten Pläne für ihre Weltreise zu vertiefen.

Sie wollen zunächst nach Anchorage fliegen, vor Ort sich ein komfortables Wohnmobil mieten, mit dem sie die Pan Americana von Alaska über USA, Mexico, Guatemala, El Salvador, Honduras, Nicaragua, Costa Rica, Panama und dann auf dem südamerikanischen Kontinent von Kolumbien über Ecuador, Peru und Chile bis nach Feuerland fahren wollen. Sie wollen sich viel Zeit lassen auf der längsten Straße der Welt. Die Jahreszeit ist günstig, sie beginnen im Spätsommer in Alaska und werden im Frühling in Chile ankommen. Alle vierzehn Tage will Poppy ihre Berichte mit Bildern dem Zeitschriftenverlag mailen.

Wenn ihre Stories bei den Lesern Erfolg haben, dann geht es weiter rund um die Welt.

Das erste Projekt heißt:

‚Die Pan Americana for Lovers'

Pierre ist voll auf begeistert und fragt noch: „Und was mache ich, was ist meine Rolle?"

„Du fährst das Wohnmobil, suchst die einzelnen Ziele aus, kochst ab und zu was Gutes, während ich schreibe. Zwischendurch gibt es viel, viel Liebe, schließlich heißt die Kolumne ‚Pan Americana for Lovers'.

Wie die Reise verläuft und was die beiden an Abenteuern erleben werden, das ist eine andere Geschichte. Fortsetzung folgt!

Gerry ist eine Abkürzung von Gertrud, also handelt es sich um eine Autorin. Sie stammt aus Bremen und lebt seit 30 Jahren im Südschwarzwald. Sie war früher als Produkt-Publicity-Beraterin in der Textilbranche tätig und hat daneben für ein großes Versandhaus Fernsehspots und Verkaufsfilme produziert. Nach ihrer Heirat zog sie mit der Familie an den Hochrhein, dort arbeitete sie für eine Schweizer Sammeledition. Später handelte sie mit Webkunst aus Guatemala und stellte Halsketten aus echten Materialien her. Nun schreibt sie Geschichten.

Ich möchte mich herzlich bedanken bei meiner Cousine Rena Christoph für das Mohnblumenbild, bei Joachim Wingerter für die Umschlaggestaltung und bei Roserie Tillessen für die notwendige Korrektur.

MIX

Papier | Fördert
gute Waldnutzung

FSC® C083411

Zeitfracht Medien GmbH
Ferdinand-Jühlke-Straße 7
99095 Erfurt, Deutschland
produktsicherheit@kolibri360.de